Matthias Matussek
Die Apokalypse nach Richard

atb aufbau taschenbuch

MATTHIAS MATUSSEK, geboren 1954, kam nach Stationen beim Berliner Abend und beim Stern zum SPIEGEL, für den er als Korrespondent und Reporter nach New York, Rio de Janeiro und London ging. Im Herbst 2005 kehrte er in die Zentrale nach Hamburg zurück, wo er bis Januar 2008 das Feuilleton leitete. Heute schreibt er für DIE WELT. Sein Buch *Wir Deutschen. Warum die anderen uns gern haben können* (2006) stand monatelang auf der Bestsellerliste, und mit *Das katholische Abenteuer* (2011) erging es ihm ebenso.

In Richard Königs Haus laufen die Weihnachtsvorbereitungen auf Hochtouren. Doch Weihnachten ist weiß Gott nicht mehr das, was es einmal war, und auch Richard ist nicht mehr der, der er einmal war. Ihn plagt der graue Star, und er wartet auf die Ankunft Gottes in dieser gottlosen Finsternis. Als er plötzlich wieder sehen kann, weiß er, dass Gott ihm ein Zeichen gesandt hat. Seine Frau Waltraud dagegen möchte das Fest der Liebe feiern. Doch das Weihnachtsmahl missrät gründlich. Die Schwiegertochter ist in anderen Umständen, der Sohn Roman, ein impulsiver Journalist, hat den Halt und seine Frau verloren. Nur Nick, der 14-jährige Enkel, ist anders. Tief, klug und frühreif – ein bisschen wie Richard selbst, damals im Berlin der 30er Jahre. Zur heiligen Stunde scheint sich Richards Prophezeiung zu erfüllen: Plötzlich sind da Rauch und Licht und eine Gestalt, die wahrlich überirdisch und gewiss nicht gottlos ist. Matthias Matussek ist ein engagierter Journalist und vielzitierter Erfolgsautor. Dass er auch ein Erzähler mit Witz und Passion ist, beweist er mit dieser Geschichte, mit der er seiner Lebensfrage nachgeht: Warum glauben wir eigentlich nicht, was wir doch sehen?

MATTHIAS MATUSSEK

Die Apokalypse nach Richard

atb aufbau taschenbuch

ISBN 978-3-7466-3064-9

Aufbau Taschenbuch ist eine Marke der Aufbau Verlag GmbH & Co. KG

1. Auflage 2014
© Aufbau Verlag GmbH & Co. KG, Berlin 2014
Die Originalausgabe erschien 2012 bei Aufbau,
einer Marke der Aufbau Verlag GmbH & Co. KG
Umschlaggestaltung Mediabureau Di Stefano, Berlin
unter Verwendung eines Motivs von Michael Sowa
Druck und Binden CPI – Clausen & Bosse, Leck
Printed in Germany

www.aufbau-verlag.de

Alle Ähnlichkeiten mit der Wirklichkeit
sind zufällig, aber wahrscheinlich unvermeidbar.
Zum Teufel mit der Wirklichkeit.
(Matussek, Frühe Schriften, Bd. I)

Richard, 23. 12., 6 Uhr 30
Die Offenbarung

So viel wissen wir, und wir wissen einiges: Als Richard König am Tag vor Heiligabend erwachte, war ihm klar, und zwar schon bevor er die Augen aufschlug, dass sich ein Wunder ereignet hatte. Er konnte sehen! Er knipste das Licht an, schwang sich mit ungewohntem Elan auf – und er sah.

Er saß in seinem blaugestreiften Schlafanzug auf der Bettkante, die Haare nach oben gesträubt wie die Kopffedern eines seltenen Vogels. Er konnte die geschnitzten Lorbeerblätter am großen Bücherschrank erkennen, dunkle Eiche, stämmige Füße auf ausgreifenden Krallen, ja sogar einzelne Titel hinter den Glasscheiben konnte er entziffern, lange nicht gelesene, ein Tresor des Glaubens.

Merkwürdige Titel übrigens, die in unseren Tagen wie unbeachtetes Strandgut aus fernen Ländern, fernen Zeiten wirken müssen. Da waren die »Confessiones« des Augustinus, ein einziges Gottessehnen: »Unruhig ist mein Herz, bis es ruht in dir«, Thomas von Aquins »Summa« mit seiner Denkmusik, welche Schätze, Pascal mit seinen »Penseés«, der ihm der Liebste war in seiner intelligenten Frömmigkeit.

Geheimbotschaften für Eingeweihte, allenfalls.

Aber wie recht Pascal doch hatte. Gerade jetzt! Wie können sich die Menschen in den Banalitäten des Lebens verlieren, oder in Ehrgeiz, in Machtspielen oder den kurzen Lockrufen der Triebe davontreiben, wenn es doch um die Ewigkeit geht. Entweder das Nichts oder »die zürnende Hand Gottes«, das ist doch die Alternative.

Mit dem Bleistift hatte er solche Sätze vor Jahrzehnten herausgeholt durch seine Unterstreichungen, ach, und die einfachen Erinnerungen Romano Guardinis mit seiner Lebenssumme, dass der Mensch ohne Utopie nicht lebensfähig sei. Dann Martin Bubers Schriften in den Herder-Bänden, Dostojewskis russischer Christus-Roman »Der Idiot«, wie sehr er Russland liebte!

Der Apothekenschrank seines Lebens und seines Glaubens, was für Richard aufs Gleiche hinauslief.

An der Wand seines Schlafzimmers, das mit Nesseltapete ausgeschlagen war, hing der Picasso, der Junge mit der Taube, der auf ein angeschrägtes Brett aufgezogen war. Daneben Dürers betende Hände, die er in einem Souvenirladen am Petersdom erstanden hatte. Darunter das Ikonenkreuz von einem Basar am Schwarzen Meer. Pilgermitbringsel. Aber für Richard war das ganze Leben eine Pilgerreise.

Verschwunden war der milchige Nebel, in den ihn die
Ermüdung und das Alter in diesen letzten Monaten getaucht hatten. Oder war es der graue Star? Durch die
Einschränkung war er zu einem hörenden Menschen
geworden. Nun aber konnte er wieder sehen, und das
offenbar besser als zuvor.

Ein Wunder?

Kirchenrechtler würden jetzt Einwände anmelden.
Es gab schließlich keine Zeugen. Auch die eindeutige
Zuschreibung auf einen Heiligen ließ sich nicht vornehmen. Richard hatte, wie immer vor dem Einschlafen,
den Rosenkranz gebetet, fromme Routine für ihn,
nichts weiter. Er hatte von seiner Mutter geträumt, wieder einmal, von jenem Tag, als sie, schon im Sterben,
ihre Hand auf ihn gelegt hatte. Er war zwölf, und an diesem Nachmittag – die jüngeren Geschwister spielten in
Vaters Schneiderwerkstatt – hatte sie ihm das Versprechen abgenommen, Priester zu werden. Es war ein schöner Traum, denn er durfte sich auserwählt fühlen, vor
allen anderen.

Seine Mutter. Für ihn war sie schon immer eine Heilige gewesen. Ob man ihr dieses Wunder zuschreiben
konnte?

Richard hatte nie Probleme mit Wundern gehabt. Er
lebte mit einem Bein in der Welt der Mysterien, Wunder gehörten für ihn zum Alltag. Für ihn konnte alles
die Gestalt eines Wunders annehmen, jeder neue Tag
war eines. Seine Frau Waltraud war eines. Gottes Schöp-

fung war ein Wunder, für das er in diesen letzten Jahren immer dankbarer wurde. Die Natur. Vielleicht erlebte er sie einfach intensiver. Die Bäume im Park. Musik.

Und Kinder. Besonders Kinder. Minutenlang konnte er im Park stehen bleiben, der auch noch Innocentia-, also Unschulds-Park hieß, und weltversunken und selbstvergessen Kinder beim Spiel betrachten, je kleiner, desto besser, und die kleinsten waren die, die dem Himmel am nächsten waren. Bisweilen beugte er sich in kurzsichtiger Verzückung über Kinderwagen, wobei ihm vor Rührung die Nase tropfte und die Hände zitterten, Vorboten der Parkinson-Erkrankung, die ihm zunehmend zu schaffen machte. Manche Mütter, die ihn nicht kannten, machte das so nervös, dass sie den Griff ihrer Bullys oder Topsys oder wie die neuesten Baby-Porsches auch hießen, fest umklammerten.

Beim Einkaufen in der Nachbarschaft mit Waltraud blieb er vor Restaurantscheiben stehen und schnitt Grimassen und lächelte in die kleinen Gesichter, die zurückstrahlten, bis ihn Waltraud mahnend rief. Ihr war das peinlich. Sie schimpfte ihn senil. Doch Richard betete nur, auf seine Art.

Da wir kurz vor Weihnachten stehen und im Folgenden von wunderbaren oder haarsträubenden Vorkommnissen berichten, müssen wir uns kurz mit Wundern beschäftigen. Von allen Wundern das größte – das stand nicht nur für Richard fest, sondern für rund eine

Milliarde von Menschen – ist die Menschwerdung Gottes, und die, so die Idee, feiern wir in dieser Zeit.

Ob Richards wiedererlangte Weitsicht, um nicht zu sagen Hellsichtigkeit, so kurz vor Weihnachten, ein Wunder war, sozusagen ein kleines in der Nachbarschaft zum großen?

Von Wundern reden wir, wenn unser Verstand verlegen wird, was häufiger vorkommt, als wir es uns eingestehen möchten. Der Begriff »Wunder« ist ein strahlendes Brückenwort, das unsere Welt mit einer anderen verbindet. Es verknüpft das Profane mit dem Heiligen. Doch da es das Heilige in unserem Horizont nicht mehr gibt, steht das »Wunder« mit einem Bein in der Leere, in einer entvölkerten, kaum betretenen Region. Es ist ein wenig verkommen.

Heute bezeichnen wir als Wunder schlicht eine nicht erwartete Wendung zum Guten. (Die zum Schlechten nennen wir »Katastrophe«.) Also: Die Rettung der Bergleute nach Wochen war das »Wunder von Lengede«, der Sieg der deutschen Fußballmannschaft über die favorisierten Ungarn 1954 war das »Wunder von Bern«. Wir haben das Wunder abgegriffen zu einer Art Außenseiterwette. Vom Eingriff des Göttlichen würde bei uns kaum einer mehr reden.

Früher gehörten Wunder in den Alltag. Die Votivtafeln in Altötting mit den Fürbitten und Dankgebeten an die Heilige Jungfrau – für einen heil überstandenen Unfall beim Ackern, eine jäh kurierte Krankheit, die

Heimkunft eines Verschollenen – sprechen von nichts anderem als von Wundern.

Zeichen und Wunder werden verlangt, wenn die Kirche einen besonders verdienstvollen Verstorbenen in die Riege der heiligen Vorbilder aufnehmen möchte. Wie es für Richard ohne Zweifel bei Papst Johannes Paul II. der Fall war. Für Richard ist der Pole ein Löwe des Glaubens gewesen. Er hatte den Kommunismus, das Reich der Gottlosigkeit, besiegt, sicher mit der Unterstützung von einigen tausend Werftarbeitern und später des ganzen polnischen Volkes. Aber dann hatte er sein Volk in die Freiheit geführt, eine gewaltige Moses-Figur. Um dann im Amt und Triumph des Sieges zu erleben, dachte Richard bitter, wie es dann doch wieder nur das Goldene Kalb umtanzte und wurde wie alle.

Aber mehr noch hatte der alte, an Parkinson leidende Pontifex die Herzen ergriffen, als er, an seinen goldenen Hirtenstab geklammert wie an eine rettende Planke, der Welt vorführte, wie unwichtig ihr vorüberziehendes Talmi ist, wenn es um das ewige Leben geht. »Freut euch«, hauchte er den Tausenden auf dem Petersplatz in seiner Todesstunde zu. Als er starb, verlangten die Gläubigen unten die sofortige Heiligsprechung mit den Rufen »Santo subito!«.

Doch da Heilige nicht per Akklamation geschaffen werden, müssen sie Wunder vollbracht haben, volksgläubige, sichtbare Votivtafelwunder. Auf Beweise oder Stützungen aus dem Bereich der Wissenschaften wollte die Kirche merkwürdigerweise nicht verzichten. Glaubensheroismus allein reichte ihr nicht.

Als sei der weltändernde Riss im Eisernen Vorhang kein Wunder gewesen, dachte sich Richard damals. Aus ihrer Verlegenheit half der vatikanischen Heiligsprechungskommission schließlich die Nonne Maria Simon-Pierre Normand, die genau zwei Monate nach dem Tod von Johannes Paul II., nach inständigen Gebeten zu ihm von ihrem Parkinson-Leiden befreit wurde. Natürlich wurde die Nonne genauestens von der vatikanischen *consulta medica* befragt, Zeugen wurden gehört, die die Schwester vor und nach ihrer Heilung erlebt hatten, und nach eingehenden Konsultationen kamen die Ärzte zu dem Befund: Ein Wunder war geschehen.

Ob es also ein Wunder war, dass Richard an diesem Morgen plötzlich wieder sehen konnte, sei für den Moment dahingestellt, aber zweifelsfrei konnte er sehen.

Am Abend vorher hatte er noch Musik gehört und anschließend den »Tonio Kröger«. Dabei musste er immer wieder schmunzeln, denn der Schauspieler las mit durchaus ironischem Ton, besonders die Stelle, in der Ballettmeister François Knaak aus Hamburg seine albernen Sprünge demonstrierte. Richard war ein schlechter Tänzer, und heimlich verachtete er das Tanzen, wie Tonio Kröger es tat.

Seit das Fernsehen für ihn nicht mehr in Frage kam und auch das Lesen zu anstrengend wurde, ließ er sich vorlesen. Und es waren Spitzenkräfte, die über den Kassettenrekorder in sein Zimmer kamen, um ihm vorzutragen. Quadflieg oder Klaus Kammer, der sich in Kafkas »Bericht für eine Akademie« so wunderbar vom Affen zum Akademiker hustete und knurrte und röchelte. (Für Musik, die Goldberg-Variationen, die Krönungsmesse, seine geliebten Märsche und Operetten hatte er den Philips-Plattenspieler behalten, eine mächtige Truhe aus den 60er Jahren mit Plattenfach und goldgelber Bespannung über den Lautsprechern im unteren Teil.)

Das also war dem Wunder – nennen wir es der Einfachheit halber so – vorangegangen. Rosenkranz und Schlaf und Traumbilder, seine Mutter damals, 1939, auf ihrem hohen Bett, im Nachtrock, ganz in Weiß, die Haare offen, mit diesem Fieberglanz in den Augen. Einige seiner Geschwister nannten sie später durchaus liebevoll eine Hysterikerin, andere eine fromme Mystikerin, aber alle waren sich darin einig, dass sie eine wunderbare Vorleserin war. In den Schiller-Dramen, die sie vortrug, sprach sie alle Rollen, und sie sorgte für Spannung und Geist neben diesen aufgeregten Brüllereien aus dem Volksempfänger. Sie war für das Musische zuständig in dem armen Schneiderhaushalt. Durch sie hatten er und die sechs jüngeren Geschwister die Dramen Shakespeares kennengelernt und die tragische Geschichte des Rigoletto. Sie hatte ihm das Versprechen abgenommen, Priester zu werden. Doch das wollte er ohnehin.

War sie es also, die das Wunder vollbracht hatte? Käme sie für eine Heiligsprechung in Frage? Wenn es nach Richard ging: auf jeden Fall. Er fühlte sich ihr sein Leben lang verbunden.

An diesem Morgen aber war Richard vor allem erstaunt darüber, wie selbstverständlich sich die Unschärfe, in die sein Alltag in den letzten Jahren gerutscht war, schlagartig gelichtet hatte. Er ging festen Schrittes ins Bad, ohne ein einziges Mal anzustoßen, zog sich an und stand kurz darauf mit zugeknöpftem, schwerem anthrazitfarbenen Mantel in der Garderobe, um sich den Mayser-Hut aufzusetzen. Nie verließ er das Haus ohne Hut. Auf der Straße – es war noch dunkel – richtete er sich groß auf und sog die frische Winterluft in die Lungen. Er fühlte sich jung.

Er stand schlank und aufrechter als sonst. In der Schule hatte man ihn den »Langen« genannt. Erst die letzten Jahre hatten ihn gebeugt. Über seiner dünnen Gestalt hing der Mantel steif wie ein Panzer. So stemmte er sich gegen den Regen, der Wind fuhr in seine Hosenbeine und ließ sie flattern wie die Wimpel an den vertäuten Alster-Booten, die Kälte kroch ihm in den hageren Leib, doch er war Richard, der Kreuzfahrer, der sich von seinem Ziel, dem Heiligen Gral in der Kirche, nicht abbringen ließ. Das Blut Christi, jeden Morgen. Allerdings musste er auf seinen Hut aufpassen, er drückte ihn mit einer Hand auf den Kopf und ruderte mit dem anderen Arm.

Kleiner Kopf, mächtige Nase, er war die Adler-Figur, ungünstig für diesen Sturm, es sei denn, er würde fliegen können, wonach ihm an diesem Morgen zweifellos war. Doch eher würde er weggefegt werden wie eine Vogelscheuche auf dem leeren Acker des Glaubens.

Der Regen stand quer, der Wind blies, aber Richard nahm die Kälte nicht wahr. Er stemmte sich. Er wandte sich nach links ins Tortenviertel, das er so nannte wegen der weißen Gründerzeitvillen mit ihren stillen Vorgärten, die er im Moment eher ahnte, als sie wirklich zu sehen. Hellweiße Herrschaftshäuser mit Säulen und Giebeln und Hochterrassen. Hochzeitstorten, die das Schicksal (oder Erbe) ihren Besitzern zum Geschenk gemacht hatte, an dem sie nun ein Leben lang herumknabbern konnten.

Jetzt, in dieser Morgenstunde, lagen sie in schwarzen undeutlichen Umrissen wie eine Herde von Mammuts. Ja, nun erkannte er, dass die gewohnte Unschärfe in seine Welt zurückgekehrt war. Aber sie blieb, das spürte er, wunderoffen, als würde sich, sehr bald, Großes ereignen.

Vielleicht hatte er nach dem Aufstehen all die Dinge in seiner Wohnung nur deshalb so scharf wahrgenommen, weil sie sich seit Jahren an ihren gewohnten Orten befanden, die Bücher, die Bilder, die Kommode im Flur, der Kleiderhaken? Wenn er ein Wunder erlebt hatte, so war es sehr innerlich, aber es hatte seine Wirkung nicht verfehlt, er spürte, er war an diesem Morgen ein anderer. Nicht er – die Welt brauchte ein Wunder, mehr denn je.

Er fühlte sich frisch und wach wie lange nicht und war in jeder Hinsicht erwartungsvoll. Er lenkte seine Schritte die Straße hinauf, Richtung Kirche, zum Frühgottesdienst. Noch immer war es dunkel, jetzt um halb sieben, an diesem Samstag, dem 23. Dezember. Über die Häuser hinweg hörte er die Rufe der Budenbauer, die sich für den Wochenmarkt rüsteten. Radiofetzen, metallisches Krachen. Ein Wagen wurde angelassen.

Richard trippelte an dem kleinen Park vorbei, ein netter kleiner Park, sechs Straßen liefen auf ihn zu, darunter die Hochallee, die Parkallee, wundersame Namen wie Jungfrauenthal, seine Straße hieß simpel Oberstraße. Das war der kleinbürgerliche Müllermeierschulze unter den Straßennamen.

Die Limousinen standen vor den Einfahrten, viele Ringe und Sterne darunter, Autos wie solide geparkte Geldsäcke, dann und wann ein Geländewagen. Sein Enkel Nick nannte sie »Hausfrauenpanzer«. Wie mochte es ihm gehen, dem Jungen? Ab und zu, aber viel zu selten, rief er an.

Wenn Hamburg die Stadt der Pfeffersäcke war und die Hafen-City Hamburgs Kontor, dann war diese Gegend der bequeme Salon. Altes Geld, bürgerliche Behäbigkeit, die sich durch nichts aus der Ruhe bringen ließ. Die deutsche Wiedervereinigung, die ihn elektrisiert hatte – er war in Berlin aufgewachsen –, hatte hier

17

nie stattgefunden. Sie war weit weg. Auf die ausgehungerten Brüder und Schwestern im Osten war hier keiner neugierig gewesen. Und eines Tages, ein paar Jahre später, hatte Roman mit Rita vor der Tür gestanden. Sie war aus Ostberlin und konnte Puschkins Gedichte rezitieren, die so voller sanfter Zungenschläge und rollender Konsonanten von der Liebe sprachen. Sie war so schön und so klug. Richard war vom ersten Moment an verliebt in sie gewesen. Und sie hieß Rita! So sollte die Tochter heißen, die Waltraud in sich trug, bis sich die Fehlgeburt ereignete. Ein Schmerz, der lange blieb. Natürlich hatte er mit Gott gehadert, wer hätte das nicht. Und nun war Rita die Tochter, die er nie haben sollte.

Das Tortenviertel war so etabliert, dass es sich nicht mehr regte, auch in religiösen Dingen war das Viertel nicht weiter auffällig, es war, wenn überhaupt, gepflegt kulturprotestantisch, nichts für flammende katholische Bekenntnisse, keine Himmelsstürmereien waren hier zu erwarten, sondern allenfalls eine milde Form der Philanthropie, die sich vorwiegend auf gediegenen Rotary-Club-Abenden oder mondänen Stiftungsbällen äußerte.

Richard war mit Waltraud hierher, an den Rand des Tortenviertels, nach seiner Pensionierung gezogen, von einer durchaus herrschaftlichen Beletage in Elbnähe in diese Etagenwohnung eines schmucklosen Baus aus den 50er Jahren gleich gegenüber den Hochhäusern der

Grindelallee. Nebenan war der Frisiersalon »Erika« untergebracht, dahinter begann das Prekariat.

Gestrafft und wundersam verjüngt ging Richard an den schweigenden Villen vorbei. Überall dort lagen beruhigte und glücksverwöhnte Familien im Schlaf, in den Schränken ihrer geräumigen Villenflure stapelten sich Geschenkpakete in Weihnachtspapier, die in etwa dem entsprachen, was auf lustigen und bunten und ungelenk geschriebenen Wunschlisten beim Weihnachtsmann bestellt worden war. Die Fenster waren noch dunkel, doch in vielen leuchteten Weihnachtssterne in den dunklen Morgen.

Richard stemmte sich gegen den Sturm. Jeder Schritt wurde zum Aufbruch. Die Regengischt flog ihm ins Gesicht, schmerzhafte eisige Nadelstiche, aber was war das schon, dachte er sich, gegen die Strapazen, die der Mann aus Tarsus auf sich genommen hatte, der dreimal Schiffbruch erlitt. Weiter, weiter. Die Brille war von einem Regenfilm überzogen.

Man muss ihn festhalten, wie er kämpft.

Wir müssen ihn festhalten.

Er ist der Letzte seiner Art.

Plötzlich wurde es hell. Richard sah auf und blieb mit offenem Mund stehen. Im Osten zog sich ein weißer Riss über den Himmel, etwa so schmal und so lang wie ein Kondensstreifen. Doch das hier war anders. Es war eine Himmelserscheinung, ein Riss in den Wolken, ein Riss in der Schwärze der Nacht, und an den Rändern war er goldfarben. Ja, es stürmte, und der wolkenverhangene Himmel brach auf, und natürlich lag der Gedanke nahe, dass es sich hier, am Tag vor Heiligabend, um den Stern von Bethlehem handelte, zumindest um seinen Kometenschweif, und Richard erschrak überhaupt nicht, sondern er war von Hochstimmung erfüllt.

Es schien, als hätte er mit einer Lichterscheinung wie dieser gerechnet. Er sah die Balkone der Häuser, die Dächer, die schwarzen Baumskelette, die ihre knochigen Arme in die Höhe reckten, und dort unter den Bäumen – die dunkle Silhouette eines Mannes. Er trug einen Hut wie Richard.

Und dann, ebenso plötzlich, wie das Licht aufgeleuchtet hatte, verschwand die Erscheinung wieder. Die Sache hatte vielleicht zehn Sekunden gedauert. Richard kam es vor wie Stunden. Zweihundert Meter weiter konnte er die Umrisse der Kirche erkennen.

In einem Vorgarten sah er tatsächlich einen Rentierschlitten, verrückte amerikanische Mode, was hatten Rentiere mit Weihnachten zu tun, Kamele vielleicht, oder Ochs und Esel, aber Rentiere?

Die Kirche lag unscheinbar zwischen zwei Patrizierhäusern. Sie war eine typische Diaspora-Kirche, im schmucklosen Stil der 20er Jahre, Sandstein, neogotischer Fries. Überragt wurde sie von einem quadratischen Turm, der bescheiden zurückgesetzt war, als wolle er nicht weiter auffallen. Licht im Pfarrhaus. Erleuchtet das Bleiglasfenster mit der Frau mit den Rosen.

Ja, die schlichte Kirche passte zu ihrer Namenspatronin, der heiligen Elisabeth, die ihre ungarische Königinnenwürde abgestreift hatte, um sich den Armen zu widmen. Von ihr war, da wir bereits von Wundern redeten, das in Richards Augen schönste überliefert, nämlich dieses Rosenwunder: Obwohl der jungen und hilfsbereiten Königin von ihrer Schwiegermutter alle Samariterdienste für die Armen und die Kranken verboten worden waren, stahl sich Elisabeth dennoch heimlich aus der Wartburg, um die Bedürftigen unten im Tal mit Medizin und Brot zu versorgen. Eines Tages wurde sie von der Schwiegermutter gestellt und gefragt, was sie unter ihrer Schürze verborgen halte. »Rosen«, gab Elisabeth zurück. Daraufhin wurde sie aufgefordert, die Schürze zurückzuschlagen, und tatsächlich, die Brote in ihrem Korb hatten sich in Rosen verwandelt. Richard mochte die Geschichte, er war ein Romantiker.

Er zog die schwere Tür auf. Das Kirchenschiff lag groß und dunkel vor ihm, nur der Altarraum war in Licht getaucht. Als er den Gang hinauflief, um seinen Stammplatz einzunehmen, dritte Reihe, vorn rechts, mit Blick auf den schweren, bronzenen Tabernakel, in den das Relief des Auferstandenen wie eine ungelenke Kinderzeichnung eingefaltet war, konnte er sehen, dass die anderen Morgenbegleiter schon erschienen waren. Die Filipina Maria José, die keine Marienandacht ausließ. Der Küster Braacke, ein fusselbärtiger pensionierter Ingenieur, mit dem er die Liebe zur Grego-

.21

rianik teilte, die in dieser Gemeinde selten befriedigt wurde.

Braacke hatte bereits die Karaffen mit Wasser und Wein auf die Altarkante gestellt. Links vorn hatte Dimitrios Kanistopoulos Platz genommen, der derzeit ohne Arbeit war und jeden Morgen ein Teelicht vor dem Marienaltar anzündete. Schließlich Professor Schäfer, weißhaarig und robust, ein Alkoholiker, der immer aufs Neue um seine Trockenheit kämpfte und der, wenn er auftauchte, so intensiv und mit geschlossenen Augen betete, als wolle er in seine Rettung hineinkriechen und sich dem Herrn zu Füßen werfen.

Sie waren eine verschworene Gemeinschaft, möglicherweise die letzten Gläubigen, versprengte Heilssucher, die es ebenso früh wie ihn in die Kirche trieb. Pfarrer Lohmann, selber weit über 80, las die Messe. Er lebte in der Pfarrgemeinschaft nebenan, schon lange pensioniert, auch der Hauptpfarrer war schon alt, der Glaube vertröpfelte hier sichtbar, und der Nachwuchs blieb aus. Längst hatte man die Kirchensteuer aufgehoben, sie war sinnlos geworden, da die Kirchenmitglieder wegstarben und die Austritte sich häuften. Nun gab es eine »Kulturabgabe«, die die Steuerzahler entweder Bädern oder Theatern oder eben Kirchen widmen konnten. Die Bäder gewannen. Den Rest besorgten die Kollekten. Die Kirchenaustritte waren dadurch schlagartig gestoppt worden, doch der Glaube in Deutschland starb, nach den jüngsten Umfragen wusste die überwiegende Mehrheit nicht mehr, was »Heiligabend« bedeutete.

In einem letzten Versuch, die dünner werdenden Landschaften des Glaubens gegen die steigende Flut des gottlosen Tingeltangels zu sichern, waren Gemeinden zusammengelegt und Pfarrgemeinschaften gegründet worden. Seine Gemeinde blieb Hauptgemeinde. Hauptpfarrer war Grünefelat, ein Mann mit sorgfältig gestutztem Bart, daneben gab es Bruder Paul aus Kerala, der sein Deutsch an den Evangelien erprobte. Richard nahm ihn in Schutz gegen die verwöhnten Gemeindemitglieder, die vorgaben, nichts zu verstehen. Ganz sicher hätte auch Jesus mit der deutschen Aussprache Probleme gehabt.

Lohmann öffnete die Tür der Sakristei und schritt zum Altar, und Richard fühlte, dass ihn das Geheimnis, das sich nun vor seinen Augen enthüllte, in eine andere Welt entrückte, in die einzige, auf die es ankam, ganz besonders an diesem Morgen.

Der Pfarrer sprach das Sündenbekenntnis, und Richard und die anderen fielen murmelnd ein. Dann las Richard, er war zum Lektorendienst eingeteilt, die Psalmen und die erste Lesung. Er blätterte in dem Missale, hier lag ein rotes Bändchen, das war es wohl. Mit einem üppigen großen Zierbuchstaben begann der zweite Brief des Apostels Petrus. Stolz stand Richard vor den vier Gläubigen, und während er las, fühlte er, wie sehr ihn der mühsame Gang zur Kirche erfrischt hatte.

Was war das? Er las Offenbarungssprache, kräftige Wüstensprache. Er las eine Beschwörung des Weltendes, und das im Advent!

In seinem Brief wandte sich Petrus gegen jene Spötter, die den Jüngern vorhielten, dass ihr Messias noch immer nicht gekommen sei. Ihnen donnerte der Verfasser des Briefes entgegen, dass vor dem Herrn »ein Tag wie tausend Jahre ist, und tausend Jahre wie ein Tag«.

Ein Tag wie tausend Jahre! Richard durchfuhr es. Er verstolperte sich, wiederholte den Satz. Und pausierte.

Wer sagte, so durchzuckte es ihn, dass dieser Tag nicht jetzt ist, heute, oder morgen, zur Ankunft Christi? Seit dieser Prophezeiung waren immerhin schon 2 000 Jahre vergangen. Und die Anzeichen in den letzten Monaten häuften sich, die Erde bebte, Stürme verwüsteten Städte, die Polarkappen schmolzen, Brände fraßen sich durch die Wälder, Wellen sprangen ans Land. Dürre und Missernten häuften sich, die Reiter der Apokalypse.

Richard sammelte sich und wandte sich an seine Gemeinde, wie es Petrus wohl getan hat, damals, mit diesen Worten, mit dieser frohen Botschaft: »Es wird aber des Herrn Tag kommen wie ein Dieb; dann werden die Himmel zergehen mit großem Krachen; die Elemente aber werden vor Hitze schmelzen, und die Erde und die Werke, die darauf sind, werden verbrennen.«

Hier legte Richard eine effektvolle Pause ein, um die Sätze in der dunklen Kirche nachhallen zu lassen. Die

Himmel werden mit gewaltigem Geräusch vergehen! Und dann fuhr er fort, beschwörend, als sei er selber der Verfasser des Briefes. Hier ging es nun um eine Geheimbotschaft für Eingeweihte.

»Da dies alles so aufgelöst wird, was für Leute müsst ihr dann sein in heiligem Wandel und Gottseligkeit, indem ihr die Ankunft des Tages Gottes erwartet und beschleunigt, um dessentwillen die Himmel in Feuer geraten und aufgelöst und die Elemente im Brand zerschmelzen werden!«

Die Ankunft des Herrn beschleunigen! Seine Flammenworte verklangen in den leeren Bankreihen. Es waren nicht viele, die an diesem Morgen die Ankunft Gottes erwarteten. Genau gesagt mit ihm fünf.

An der linken Seitenwand hing ein großes Bild des Gekreuzigten, an der rechten die Gottesmutter in gleicher Höhe, auf einem weißen Erdball, daneben der heilige Christophorus. Sie schwebten.

Der Alte wusste aus seinem Theologiestudium, dass es über die Frage, ob dieser Brief tatsächlich von Petrus stammte oder aus späteren Jahren, umfangreiche Literatur gab. Gegen die Petrus-Annahme sprach, dass der Briefschreiber offenbar davon ausging, dass diejenigen, die Jesus erlebt hatten, bereits gestorben waren. Denn schon hier wurde das Problem der Entfristung des Weltendes angesprochen, eines erneuten Aufschubs der Parusie, der Wiederkehr des Erlösers, und das konnte in der Jesus-Generation noch nicht das vordringliche

25

Problem gewesen sein. Aber es war es seitdem. Irgendwann musste er doch kommen!

Höchstwahrscheinlich war der Verfasser kein Dickkopf mit Patriarchenbart wie Petrus, sondern ein glühender Nachfolger, einer dieser Bekenner unter der Sonne Palästinas, die umso mehr eiferten, je länger der Tod und die Wiederauferstehung zurücklagen.

Nach dem Schlusssegen, am Weihwasserbecken, ging er auf Maria José zu, sie gaben sich die Hand und schauten sich an, Richard nickte lächelnd auf sie hinab, sie lächelte zurück, und dann gingen sie wortlos auseinander. Sie mussten nichts sagen. Richard spürte, dass auch Marie José verstand. Auch sie wartete. Auch sie glänzte.

Als er hinaustrat, sah er, dass sich der Regen in ein zartes Schneegestöber verwandelt hatte. Der Wind hatte sich gelegt, und die weißen Flocken tanzten schwerelos im blassen Licht der Straßenlaterne. Langsam wurde es hell. Eine wunderschöne Stille breitete sich aus im Tortenviertel, und Richard trippelte vorsichtig und beschwingt nach Hause und dachte über die Worte aus dem Petrus-Brief nach.

Als er die Wohnung betrat, hatte Waltraud bereits das Frühstück auf den Wohnzimmertisch gestellt. In der Weihnachtszeit wurden hier die Mahlzeiten eingenommen, auf dem Tisch mit dem Nussbaumfurnier, der mit Brokatdeckchen, einer Erzgebirgspyramide und einem Adventskranz geschmückt war. Vier kleine rote Kerzen trieben den Propeller über dem Erzgebirgskarussel an, das sich mit lackierten Puppen und drollig gerollten Spanbäumchen langsam drehte.

Richard hängte den Mantel über den gepolsterten Kunstlederbügel mit den goldenen Zierknöpfen, die in den 50er Jahren der letzte Schrei gewesen waren, legte seinen Hut auf die Ablage und sagte: »Gelobt sei Jesus Christus.«

»In Ewigkeit, amen, mein Schatz«, rief Waltraud, die gerade mit einem Bänkchen mit gerösteten Graubrotscheiben aus der Küche kam. Dann sagte sie: »Richard, was ist mit dir?«

Richard lächelte sie gütig an. Er konnte lächeln, als schaue er von sehr weit oben herab.

»Ach Waltraud«, sagte er, und seine Augen strahlten.

»Die Lesung heute ... die Sache ist klar, es ist so weit.«

»Was ist so weit, pass auf, stoße dich nicht, was ist so weit?«

Richard rieb sich den rechten Oberschenkel. »Du weißt doch, was wir feiern, Waltraud. Die Ankunft des Herrn. Und nun ist es so weit.«

»Ich weiß, Richard, ich weiß, ich freu mich ja auch, schön, dass die Kinder kommen, hoffentlich geht alles gut mit Karin, sie müsste doch in diesen Tagen so weit sein. Rita wird dann wohl am zweiten Weihnachtsfeiertag mit Nick vorbeikommen, wie letztes Jahr.«

Die Kinder, richtig. Er musste sie um sich sammeln. Die »Kinder« waren mittlerweile weit über 40, sie lebten verheiratet oder getrennt, die Jüngste lebte mit Pedro, einem kolumbianischen Naturschützer, in Bogota, sie hatten selber Kinder, es war kompliziert in diesen Tagen.

»Nun setz dich erst mal, du bist ja völlig außer Atem.« Richard setzte sich, Waltraud lief in die Küche, um mit der Teekanne zurückzukehren.

»Ich bin so aufgeregt. Du musst mir helfen, Richard, du musst mir die Besorgungen auf dem Markt abnehmen.«

Nick, 23. 12., vormittags
Der Aufbruch

Wir müssen uns das Gehirn dieses erwachenden Puber-
tierenden als kosmische Wäschetrommel vorstellen, als
Schöpfungsfrühe, als ständiges Brodeln aus brennenden
Feuerkugeln und hochzischender Ursuppe, jähen Ver-
dunklungen, Spiralnebeln, aus Kälte und Schwarzen
Löchern, darin erste Halluzinationen, möglicherweise
von Figuren und Natur, von Gott und Tod, brust-
sprengende Gefühle wie Begehren und Hass und
Trauer, Nacktheiten, eine Brust, Autorennen, Abstürze
von Hochhäusern und schwebende Flüge, Fluchten, ein
Kirschblütenzweig, Fußball, ein Mädchengesicht, klir-
rende Schwerter, Banden, Familiengesichter, Vertraute,
Mutter, Vater, Weihnachten, und dann blitzartige Ent-
schlüsse. Unberechenbar.

Deshalb stand Nick an diesem Morgen vor dem Spiegel und rasierte sich den Schädel. Das heißt, er schor
sich die Haare kurz mit dem Medion MD 10 403, den
er in Lennys Spind gefunden hatte. Lenny, der Boxer
mit seinen sorgfältig gepflegten Stoppeln.

Dass man zur gleichen Zeit auf einigen Pazifik-Inseln

leuchtende Riesenwellen sichtete, die von knallenden Feuerbällen begleitet wurden, konnte Nick nicht bekümmern. Er bereitete sich auf Weihnachten vor. Gerade hatte er sich das letzte Büschel dunkelbrauner Haare mit dem surrenden Schneidegerät entfernt, es fiel sacht ins Waschbecken zum beträchtlichen Nest der anderen Haare.

Entschlossen blickte er sich im Spiegel an. So sehen Kämpfer aus. Von Paul würde er sich dieses Weihnachten nichts sagen lassen, von diesem aufgeblasenen Vollpfosten mit seinen Maßhemden und den goldenen Manschettenknöpfen, diesem Konferenzgroßtier und Klinikchefgott. Wie hatte seine Mutter nur auf diesen Kerl hereinfallen können.

Nick stellte den Rasierer aus. Es war still. Totenstill. Es gibt nichts Stilleres als ein Internat, das gerade von seinen Schülern für die Ferien verlassen worden ist. In diesem Moment war Nick noch mehr Einzelkämpfer, die Stille draußen schälte seine Einsamkeit noch stärker heraus.

Er suchte sein iPhone und wählte aus seiner Musikliste Eminems »Cleaning out my closet«.

»Have you ever been hated or discriminated against; I have ...«

Lenny war von seinem Unternehmerpapa abgeholt worden, für Sina war ein Botschaftswagen gekommen, für Alex seine russische Mama. Joshua war von der ganzen netten Bagage seiner Familie abgeholt worden, vier

30

Brüder, sie war Unternehmerin, er Schauspieler, verrückte Truppe.

Lennys Socken stanken.

Er würde sich nie wieder schubsen lassen. Hatte er sowieso nie. Nicht von Paul. Deshalb war er hier. Natürlich war es Mama schwergefallen, aber irgendwann hatte sie kapituliert, der Krieg zwischen Nick und Paul war nicht zu ertragen gewesen. Nick legte die Stirn in Falten, zog die Augenbrauen zusammen. So sehen Kämpfer aus. Wie Eminem, der Slim White Shady. Yo. Er sang mit.

»I'm sorry, Mama, I never meant to hurt you
I never meant to make you cry
But tonight I'm cleaning out my closet …«

Ein neues Leben lag vor ihm. Zumindest hatte er die Voraussetzung dafür geschaffen mit dieser Frisur. Auf seinem schlaksigen langen Körper saß ein zartes Gesicht, dunkle ernste Augen, noch Babyspeck auf den Wangen, aber auf der Oberlippe schon ein hauchzarter Flaum. Normalerweise ein Lächeln, das Polkappen schmelzen ließ. Doch jetzt bösgerunzelte Stirn und die Frisur eines Kriegers.

»I'm sorry, Mama …«

Das Internat war verwandelt, wenn es leer stand. Neutraler, kälter. Das Leben war entwichen. Was wäre, wenn er der letzte Mensch wäre? Draußen alles entvölkert, er wäre ein einsamer Krieger, der durch die Städte streifen würde, Lumpen tragen, zerfetztes Unterhemd,

31

riesige Knarre, um sich die Zombies vom Leib zu halten, die sicher da draußen herumlungerten. Vielleicht schon drüben hinter der Böschung, wo es zum Sportplatz runterging, hinter den blauschwarzen Kiefern, oder dort unten, wo Schulte seine Kästen ins Auto räumte.

An der Welt draußen interessierte Nick nicht viel. Wenn er gefragt würde, wo er wohne, wo sein Zuhause sei, dann hätte er gesagt: hier bei den Jesuiten. Gerade sah er Pater Bender in wehender Soutane am kleinen Friedhof oberhalb der Sportplätze vorbeiwandern, sein Brevier lesend, immer wieder aufschauend hin zu seinen Gärten, die braun und struppig in der Wintersonne lagen, Kräfte sammelnd für den nächsten großen Wachstumsschub im Frühling – Pater Bender, der Gärtner, der Bienenzüchter, der Erzieher. Was machten die Patres über Weihnachten? Schenkten sie sich Zeug, wie alle anderen?

Am Nachmittag zuvor hatten sie ihre Abschlussfeier vor den Ferien abgehalten, neben dem üblichen Tombolakram, dem Büchsenwerfen und den Limoständen, die die Jüngeren organisiert hatten, gab es die Theaterolympiade – alles hier war Olympiade und Wettkampf. Lenny und Sina hatten sich die Schlägerei aus einem Tarantino-Film vorgenommen, sie trugen coole schwarze Anzüge und coole schwarze Sonnenbrillen, hatten Tritte und Fausthiebe markiert auf der Bühne, unter großem Gejohle in der Aula.

Bei ihm waren sie still. Er hatte, gemeinsam mit

Aydin, der Tochter eines grünen Bundestagsabgeordneten, eine Filmszene aus Nicholas Sparks' »Das Leuchten in der Stille« bearbeitet. Für ihre Szene hatten sie eine kleine Zuschauertribüne aufgebaut, wie sie auf Baseballfeldern in Colleges herumstehen. Nick, Soldat auf Heimaturlaub, erfährt von seiner Geliebten (Aydin), die eine Psychologiestudentin ist, dass sein Vater unter Autismus leiden könnte. Nur ein Verdacht, sie erzählt ihm davon aus Fürsorge, doch sie zertrümmert auch seine Illusionen über den Alten. Sie liebt ihn und zerstört ihn gleichermaßen, manche Wahrheiten sind zu schwer zu ertragen, und Nick ist verzweifelt, und seine Verzweiflung trug sich bis in die hintersten Stuhlreihen der Aula.

Oben Nick, viel zu schmal für einen Soldaten auf Heimaturlaub. Im Kino war es ein Schmachtfetzen, hier auf der Bühne der Schulaula stand Nick und holte die Worte aus einer tiefen Verlorenheit und einer natürlichen Teenager-Gegnerschaft zur Welt, aus einem Eigensinn, einer Verwirrung der Gefühle, als hätte ihm Salinger die Rolle auf den Leib geschrieben, ein Fänger im Roggen, er ist gehetzt und störrisch, er will nicht mehr angelogen werden, er brüllt Aydin in seinem Schmerz an, er beschwört die Liebe zu ihr, aber auch die Liebe, die er zu seinem Vater empfindet, und den Riss dazwischen.

Ihm dämmert, dass sie recht haben könnte, tatsächlich verbohrt sich sein Vater, der Münzensammler, immer tiefer in sein Hobby, er entgleitet ihm, und Nick kämpft oben auf der Bühne gegen die Einsicht an, die ihm von dem Mädchen, das er liebt, eingeträufelt wird, er hämmert gegen den Seitenrahmen der Bühne, er weint, er fleht und weint tatsächlich, und die Meute unten mit ihren Basecaps und den Sportjacken vergisst, auf den Kaugummis herumzukauen, und sitzt mit offenen Mündern da, das notorische verlegene Kichern ist längst verstummt.

»Hör auf zu lügen!«

»Ich lüge nicht!«

»Du hast mit ihm am Tisch gesessen und so getan, als würdest du dich für Münzen interessieren, aber in Wirklichkeit hast du ihn nur beobachtet, wie einen Affen im Käfig.«

Nach dem jähen Schluss und der Bühnenschwärze vorsichtig tröpfelnder Beifall, ein paar Frühe, die sich als Erste aus der Schockstarre lösten, und dann ein anschwellendes Brausen und Klatschen, als Nick und Aydin sich verbeugen im Licht, ein warmer, umarmender Beifall.

In den ganzen Probenwochen hatte Nick eine einzige Figur vor Augen: Richard. Ständig musste er an seinen Großvater in Hamburg denken, der immer für ihn da war, früher, und der immer milder und versöhnter schien in den letzten Jahren, wenn er ihn mit Rita besuchte, viel zu selten, wie mochte es ihm gehen?

Mama hatte angerufen, sie schaffe es nicht zur Aufführung, sie schaffe es überhaupt erst, ihn am nächsten Tag abzuholen, erst morgen, bitte hab Verständnis, sie klang nicht gut. Sie klang gehetzt. Nicht seine Schuld. Sicher die von Paul.

Seine Haare waren nun kurz. Weg mit der verträumten Manga-Frisur, diesem Kinderhaarschwall, dieser Tokio-Tolle. Alles weg, alles neu, das war sein Weihnachtsgeschenk. Mama würde einen Tobsuchtsanfall kriegen. Allerdings war diese neue Kämpferfrisur erst mal nur ein Signal.

Lenny hatte sein Bett nicht gemacht, eine leere Chipstüte und ein Paar gebrauchte Socken lag darauf. Seine eigene Koje dagegen war aufgeräumt, das Bett gerade gezogen wie mit dem Lineal, darüber an der Wand an einem Haken das Pa-Kua-Schwert, genau waagerecht über dem Bett, das in diesem Moment das einzige Aufgeräumte war in seinem Leben.

Er saß an einem Schreibtisch und zeichnete an einer neuen Manga-Figur. Die Kulleraugen gelangen ihm, eine Haartolle fiel darüber, er zeichnete einen geöffneten Mund, einen lautlosen Schrei, was sah Shinju da? Die Figur, die er erfunden hatte, Shinju. Shinju war den meisten überlegen, seine Kampftechnik imponierend, er verfügte über einen überreichen Schatz an Weisheiten. Zum Beispiel: Jede große Reise beginnt mit einem kleinen Schritt.

Die Stille in den Fluren war gespenstisch. Kein Mensch auf dem Fußballfeld. Unten in der Einfahrt räumte Bäcker Schulte seinen Lieferwagen voll mit den Paletten, auf denen er die Christstollen für den Abend zuvor angeliefert hatte. Stollen nach dem Essen. Alle hatten sich draufgestürzt. Dabei würde es für alle in den kommenden Tagen so viel Stollen geben, dass sie nicht mehr gerade sitzen konnten.

Nick grübelte. Sein Leben war ein Sack voller unlösbarer Probleme, die sich auch über Weihnachten nicht lösen lassen würden. Er war beim Kiffen erwischt worden. Nicht er hatte gekifft, sondern Lenny und Mika, aber sie waren abgehauen, rechtzeitig, als Pater Bender auf dem Weg zur Stella erschien. Er selber hatte das Ding nur in der Hand gehalten. Gut, einen Zug hatte er genommen. War nicht schlecht. Die Tannen wankten. Er musste kichern. Und dann stand er da, und Pater Bender hatte ihn an den Schläfenhaaren gezogen, aber er hatte niemanden verpfiffen. Natürlich war Mama angerufen worden, offenbar hatten sie Paul erreicht, und der hatte getobt.

Später telefonierte Roman, sein Vater, mit ihm. »Was soll der Scheiß, Nick?« Dann, ganz ruhig: »Lass es einfach, ist nichts für dich ... Ach, dass du die Jungs nicht verpfiffen hast – cool, mein Lieber.« Roman war in Ordnung.

Es würde ein mieses Weihnachten werden. Unten belud Schulte den Wagen. Nick fasste einen Entschluss.

Er stopfte seinen Pullover in den Rucksack, griff sich das iPhone und stürmte zum Zimmer hinaus, die

Treppe hinunter, immer zwei Stufen auf einmal nehmend, Steingutstufen, abgeschliffen und ausgetreten von den Tausenden von Jungen, die sie im Laufe der Jahrzehnte bearbeitet hatten. Gerade schob Herr Schulte die letzten blauen Plastikbehälter, in denen die Stollen vom Vorabend ins Internat hochgebracht worden waren, ins Heck seines Lieferwagens, als Nick atemlos rief: »Herr Schulte, halt, können Sie mich mitnehmen?«

»Was machst du denn noch hier?«

Nick keuchte. »Meine Mutter konnte mich nicht abholen, sie sagte, ich soll den Zug nehmen.«

»Aha. Weiß Pater Bender Bescheid?« Nick nickte.

»Na dann los.«

Kurz darauf rollte der VW-Kastenwagen die Kehre hinunter in weitem Bogen von der Anhöhe hinab, auf der das Internat mit seinen Sportfeldern und der Stella, dem Schlösschen, errichtet war.

»Freust du dich auf zu Hause?«, fragte der Bäcker.

»Na, da freut sich doch jeder«, antwortete Nick lustlos. Schulte stutzte und schwieg und konzentrierte sich auf den Verkehr. Im Radio seines Lieferwagens lief eine Wissenschaftssendung über merkwürdige Geräuschphänomene, Explosionen auf Bali, leuchtende Wellen vor Japan, das dumpfe Knallen am Seneca-See im Bundesstaat New York.

»Manche der mysteriösen Geräusche konnten immerhin schon aufgeklärt werden«, sagte der Sprecher,

»in der Sahara etwa meiden Beduinen seit jeher Gegenden, in denen der Sand unangenehm dröhnt. In besonders trockenen Regionen heulen große Sicheldünen, wenn ihre steilen Hänge vom Wind versetzt werden. Dabei lassen sie sogar den Boden vibrieren. Auch Meteoriten machen Lärm, wenn sie verglühen – und bleiben doch meist unentdeckt, denn am helllichten Tag kann sie niemand sehen.«

Sie hielten vor einer Kreuzung. Schwerbeladene Weihnachtsshopper schleppten ihre Riesenpakete über den Zebrastreifen.

»Im hohen Norden lassen schwindende Gletscher den vom Eis entlasteten Boden zuweilen knarren, andernorts krachen vom Bergbau ausgehöhlte Minen ein. Im Dschungel von Ecuador haben Geophysiker gleich mehrere unheimliche Geräusche enträtselt: Dort rumore einerseits der Vulkan Reventador, zum anderen der Wasserfall San Rafael.«

Schulte drehte leiser und schüttelte den Kopf. »Die können viel erklären«, sagte er, »aber wissen tun sie gar nichts.«

»Das muss komisch sein, wenn es heult und man weiß nicht, woher«, sagte Nick.

Schließlich hatten sie den Bonner Bahnhof erreicht.

»Danke, Herr Schulte«, sagte Nick, »und frohes Fest.«

Es hatte leicht zu nieseln begonnen. Vor dem Bahnhof waren ein paar Buden mit gebrannten Mandeln und

Nikoläusen und Modeschmuck. Dunkle Holzbretter, irgendwas zwischen Saloon und Fachwerkhaus, darüber gebeizt das Schild »Weihnachtsmarkt«. An der Glühweinbude ein paar frühe Trinker.

Nick war mit seiner College-Jacke von G-Star, es war die aus der Aufführung, gut gerüstet gegen den Regen. Es gibt nichts Trostloseres als Glühwein im Regen, dachte er. Überhaupt war ihm mulmig. Sah er aus wie ein Ausreißer? Er fühlte sich, wenn er ehrlich war, gar nicht wie Eminem, sondern tatsächlich ... schutzlos. Als sei er gerade aus einem Ei geschlüpft und sah nun, dass der Strand, an dem er seine ersten Schritte tat, hässlich und struppig und von merkwürdigen unsympathischen Riesentieren bevölkert war.

Kaum war er auf dem Gleis, lief der Nahverkehrszug nach Köln ein. Für die Fahrkarte blieb keine Zeit. Er nahm einen Platz, von dem er die Türen überblicken konnte. Kontrolleure gab es auf dieser Strecke kaum, aber man musste auf alles gefasst sein.

Ob er sich freute auf zu Hause? Nein, er freute sich nicht, aber so was zu sagen gehört sich nicht zu Weihnachten. Es würde wieder Ärger geben, mit Paul, Mamas »Lebensgefährten«, so stellte sie ihn immer vor. Seine Noten waren, bis auf Latein, Geschichte und Sport, nicht überragend, und Paul, der Superchirurg, der Klinikchef, der Gott in Weiß, rieb ihm bei jeder Gelegenheit unter die Nase, dass er ein Loser war. Und Mama bewunderte Paul, während es mit ihm, Nick,

nichts als Ärger gab, besonders jetzt, als er von Pater
Bender im Wäldchen über dem Fußballplatz beim Kiffen
erwischt worden war.

Leute stiegen ein, stiegen aus, rempelten sich, alle gestresst, alle nicht besonders gut drauf. Offenbar alle auf
dem Weg zu ihrem eigenen Paul.

»Mit dir gibt es immer nur Probleme«, sagte Mutter
müde am Telefon. »Wenn du dich nicht zusammenreißt, stecken wir dich in eine Lehre. Nimm dir doch
mal ein Beispiel an Lisa und Uta.« Die beiden jüngeren Stiefschwestern waren sowieso Wunderkinder. Sie
spielten Instrumente, waren Asse im Hockey und lernten Chinesisch.

»Chinesisch«, sagte Nick halblaut. Der Mann, der
ihm mit der Bildzeitung gegenübersaß, klappte seine
Zeitung um.

»Was?«

Nick schüttelte den Kopf. Die Schlagzeile des Tages
hieß: »Ist das der Stern von Bethlehem?« Daneben ein
unscharfes Foto vom Dezemberhimmel, mit einem
leuchtenden Körper.

Ja, beide sprachen chinesisch. Sie unterhielten sich in
der verdammten Sprache, Kontonesisch oder so, sie
gaben mordsmäßig an mit ihren paar Brocken. Sie
wussten, was »Haus« heißt und »Sonne«. Aber »danke«
kannten sie nicht, noch nicht mal auf Deutsch, wenn er
ihnen ab und zu eine CD schenkte, die er nicht mehr
brauchte.

Er passte da nicht rein, hatte nie das Gefühl gehabt dazuzugehören.

Er schaukelte im Takt der Schwellen, besah sich die Reklame im Abteil über den Köpfen der Fahrgäste. Sprachenschulen, Karateschulen, Last-Minute-Angebote. Alle wollten weg.

Er nicht. Vielleicht hätte er über die Festtage im Internat bleiben sollen. Ihm war es mittlerweile ganz recht, dass sie ihn, auf Pauls Drängen, dahin abgeschoben hatten. Hier gab es Joshua, dieses ständig lachende Mathe-Genie, der ihm bei seinen Aufgaben half, so viel besser als die Penner Lenny und Sina, mit denen er Fußball spielte. Und die Meditations-Andachten frühmorgens unten in der Krypta – mit diesem Riesenkristall in der Mitte – waren immer noch besser als die ständig beleidigte Miene Pauls und die Verzweiflungen Mamas und ihre Streitereien mit Roman am Telefon über Erziehungsfragen.

Ja, das Internat war sein Kokon. Regelmäßige Mahlzeiten, Regeln, Freundschaften, eine geschlossene Welt, die er mittlerweile liebte. Roman übrigens sah es auch so. Er hatte wohl überlegt, ihn zu sich zu nehmen, aber Nick sah ein, dass ihn das jetzt wohl überfordert hätte.

Draußen war das Chaos, schau dir diese Gesichter an, dachte Nick. Drinnen das Wissen und die Neugier darauf, die Wettkämpfe, der Sport, die Theaterproben, das Silentium nach dem Mittagessen im großen Studiensaal. Wer fertig war, durfte still für sich lesen. Er blätterte dann im Geschichtsbuch und schaute sich die Zeichnungen des Forum Romanum und der Trajanssäule an. Er mochte Trajan, weil Schallenburg ihn mochte, der jugendliche Geschichtslehrer, der sich über Trajans Feldzüge und Wohlfahrtsprogramme heiß reden konnte. Die elternlosen Kinder wurden besonders gefördert.

Ja, wenn Schallenburg vom alten Rom sprach, wurde es bunt und sonnenwarm, und es roch nach Opferstieren und klang nach Waffengeklirr und großen Reden. Selbst die lateinische Grammatik war spannend, sie gruben sich Satz für Satz in eine Welt, in der in diesem Moment jeder von ihnen lieber leben würde, auf der Stelle. Für seine Erläuterung der Reliefs auf der Trajanssäule hatte Nick eine Eins bekommen, in Bildercomics kannte er sich aus, diese Spirale aus Reiterabteilungen, Tributpflichtigen, Siegesfeiern, feindlichen Heeren mit merkwürdigen Fellkappen, Tigern und Löwen und Elefanten, immer höher die Spirale hin zum Kaiser, der sich krönen ließ. Nick erzählte, als sei er dabei gewesen.

Er schaute aus dem Fenster. Vororttristesse, kleine Backsteinhäuser, Spritzbetonfassaden, eine Schrebergartensiedlung, nichts, was nur annähernd mit Rom konkurrieren konnte.

Er wünschte sich schon jetzt zurück, in den Studiensaal, unter all die anderen, wo er sich nach Rom träumen konnte und wusste, dass es bald Mittagessen geben würde.

Er spürte, dass er Hunger hatte.

Zu den Tischlesungen hatten sie sich in den letzten Wochen »Moby Dick« vorgenommen, immer einer las vor am Pult an der Kopfseite des Esssaals, auch das war spannend, allerdings hatte er sich bei dem Wort »Anchorage« verhaspelt, bei ihm klang es nach: Garage, aber offenbar wurde es »Änkoridsch« ausgesprochen, Pater Sowade hatte ihn unwirsch korrigiert. Nun gut, Pater Sowade war nicht unbedingt ein Aktivposten.

Nein, er mochte es im Internat. Er mochte das Tannenwäldchen und den Weg hinauf zur Stella, in der einst Rilke gewohnt haben soll. Dort begann im Winter die Schlittenbahn. In den Gerüchen aus der Kantine, die über linoleumbeschichtete Flure zogen, konnten sie erschnuppern, was es zum Mittagessen gab, und Wetten darauf abschließen.

Es gab Regeln, die man brechen konnte oder auch nicht. Wer sie brach, musste mit Konsequenzen rechnen. Besonders im Sport, besonders bei Joe, ihrem Trainer, der ein großer und breitschultriger Schleifer war, der nie nach fünf Uhr aß, ein disziplinierter Asket, aber mit Kindergemüt. Offenbar hatte er ständig wechselnde Freundinnen, die ihn abholten, er selber hatte keinen Führerschein. »Wollt ihr wissen, was das Wichtigste im Leben ist, Männer?«, rief er. Dramatische

Pause, Schweigen bei den Kindern. »Frauen mit Auto.«
Sie johlten.

Er unterrichtete auch Pa-Kua, den chinesischen
Schwertkampf, bei Joe war Disziplin das oberste Gebot.

Ansonsten gab es nichts Besseres, als nach einem
Fußballspiel im Schlamm mit zerschrammten Knien
unter der Dusche zu stehen und später mit allen anderen in den Speisesaal zu rempeln. Ja, Nick liebte die
Gemeinschaft, auch die Gebete in der Gemeinschaft
und die Momente der Stille, die umso kostbarer waren,
als sie diesem ständigen Trubel abgerungen waren.

Nee, er freute sich nicht auf zu Hause. Wo war das
denn? Als Mama ihn anrief und meinte, sie schaffe es
nicht, ihn abzuholen, Paul habe in der Klinik zu tun und
sie müsse noch Einkäufe machen und der Baum müsse
auch noch aufgestellt werden, klang sie gehetzt und ab-
gekämpft.

Ja, fast verzagt, als sei da nicht nur Weihnachten, das
ihr über den Kopf wuchs, sondern das ganze Leben.

»Und dann müssen Pauls Töchter noch zur Weih-
nachtsaufführung.« Sie sagte »Pauls Töchter«. War da
die dicke Luft? Die Mädchen spielten Engel, wie viele
verdammte Engel gab es eigentlich zu Weihnachten? Er
hatte nur »ja« gesagt und »in Ordnung« und den anderen Jungs hinterherwinkt, die sich mit ihren Koffern in
die Weihnachtsferien verabschiedeten.

Meistens wurden die Koffer von Vätern getragen. Er
hatte keinen Vater, der mal so vorbeikam. Es gab strenge

44

Absprachen. Roman lebte in Berlin, Mama in München. Als sie sich von Papa trennte, nach Wochen der Auseinandersetzungen und Kämpfe, verstand er sie. Roman hatte sich verändert. Er fuhr oft aus der Haut, war kaum noch ansprechbar. Mama arbeitete in einem Museum, für ihn war das okay. Roman war eine Zeitlang nur noch das Geld, über das sich Rita mit ihm stritt. Die wenigen Male, die sie sich begegneten, waren beiden peinlich gewesen. Er sah ihm seine Verzweiflung an. Viel hatte er nicht mitgekriegt von dem Sorgerechtsstreit, nur dass er mit Schreiereien am Telefon verbunden war. Und dass plötzlich dieser neue Typ aufgetaucht war, mit den zwei kleinen Töchtern, zu dem er Papa sagen sollte, nachdem sie zu ihm nach München gezogen waren.

Roman hatte ihn damals noch ab und zu (genau: jeden zweiten Samstag, jeden zweiten Mittwoch, das war irgendwann ausgehandelt worden) abgeholt und war mit ihm in den Zoo gegangen. Es nutzte sich ab. Irgendwann hatte auch Roman das Interesse am Zoo verloren. Er zahlte. Er war wahrscheinlich auch ein Loser.

Der Einzige, mit dem er reden konnte, war sein Großvater. Richard hörte zu und gab brauchbare Tipps, und er schien sogar Eminem zu kapieren. Er schien sowieso ein Interesse an Figuren zu haben, die sich durchbissen, und wenn er von Opfern sprach, klang er nicht geringschätzig, sondern liebevoll.

Merkwürdigerweise fühlte er sich bei ihm nie wie ein

Opfer, von ihm kam nichts als Verständnis. Er hatte ihn länger nicht gesehen. Wie alt war er? Er müsste zu Weihnachten 85 werden.

Wie lange leben Opas?

Nick steckte sich die Kopfhörer ins Ohr und hörte Musik. Eminem, die »Rehab«-Einspielung mit Dr. Dre. Er hatte sie sich aus dem Netz heruntergeladen. Er mochte die Wut in seiner Stimme, und mit dieser Wut rollte er am Dom in den Bahnhof ein.

Auf dem Bahnhofsvorplatz im Schatten des Doms hatten sich ein paar Punks auf eine Decke gelagert und drehten sich Zigaretten. Ihr Hund lag zwischen ihnen. Echte Opfer. Sie hatten ein Pappschild aufgestellt, auf dem sie Spenden für den Hund erbaten. Wie erbärmlich, sie dachten, die Leute würden eher für einen Hund spenden als für sie.

Keiner blieb stehen. Würde er selber wohl auch nicht machen. Opfer, dachte er, und dann bekam er Angst, dass er so enden würde wie sie, wenn er die verdammte Schule nicht schaffen würde.

Da hörte er ein Rauschen über seinem Kopf. Er sah auf, eine Taube hatte sich in der Bahnhofshalle verflogen, sie segelte quer zur 4711-Reklame und zog eine Runde an der Fahrplantafel vorbei, die sich in diesem Moment umblätterte, und oben stand »Hamburg«.

Wieder war es eine Sekundenentscheidung.

Hamburg!

Er musste zu Richard! Er spürte die ganze Zeit, dass

er eigentlich zu Richard musste, es fühlte sich in diesem Moment völlig richtig an.

Im Geiste hörte er Mamas vorwurfsvolle Stimme und sah Pauls abschätziges Grinsen, während er ihm mal wieder bestätigte, dass Nick ein Versager war. Und dann sah er den Alten, Richard, wie er durch die Wohnung taperte, und Waltrauds gütig lächelndes Mondgesicht, er sah die reichlich schäbige Wohnung, aber die Freude, die sie hatten, wenn er plötzlich auftauchte.

Wumms, Heiligabend, da bin ich, Leute, starker Auftritt!

Nick setzte sich in Bewegung, er nahm die Treppen hoch zu Gleis 11 in großen Sprüngen und schaffte den Zug tatsächlich, bevor die letzte Tür zufiel und der Pfiff ertönte. Hamburg also!

An dieser Stelle müssen wir uns noch einmal einschalten. Die Entscheidung für Hamburg hatte Nick ganz allein getroffen. Alle Menschen sind frei in ihren Entscheidungen, das gilt auch für 14-jährige Teenager. Das gilt besonders für 14-jährige Teenager. Obwohl es uns gerade in ihrem Fall manchmal sehr schwerfällt, das so hinzunehmen. Also, wir zwingen niemandem unseren Willen auf, aber wir dürfen ein bisschen spielen, und so ... Sicher haben wir die Taube losgeschickt, sicher haben wir Nicks Kopf gehoben, sicher haben wir im richtigen Moment an den Schildern der Anzeigetafel geblättert.

Aufatmend ließ sich Nick in einem Abteil in der 2. Klasse nieder. Er drehte die Musik lauter. Nach einer Weile sah er, dass die Dame am Fenster ihn ansah und die Lippen bewegte. Er nahm einen Stöpsel aus dem Ohr. Die Dame lächelte.

»Fährst du nach Hause?«

»Hm.«

»Ich hab einen Jungen in deinem Alter. Er wünscht sich auch ein iPhone. Kannst du das empfehlen?«

»Aber klar«, sagte Nick und schob den Stöpsel zurück ins Ohr.

Wieder bewegte die Dame die Lippen. Er nahm den Stöpsel wieder heraus.

»Ich wollte wissen, was du dir denn wünschst.«

»Weiß nicht«, sagte er. »Ich hab eigentlich alles.«

Er hatte wirklich keine Ahnung, was er sich wünschen sollte. Wenn er die Wahl hätte, würde er sich wohl einen Drachen wünschen, einen wie Saphira, der von Eragon geritten wurde. Schwarz würde er sein, mit roten Augen und einer riesigen Spannweite, und dann würde er über die Landschaft segeln, allein, und er müsste nicht ständig Fragen beantworten darüber, was er sich wünscht und was er mal werden will und wie er sich das überhaupt denkt, so zu Hause zu erscheinen.

Sie fuhren eine Weile, draußen am Fenster flog die Landschaft vorbei, graue Siedlungen, schmutzige Schrebergärten, Einkaufsmärkte, Weiden mit Pferden, eine

Landschaft für Galbatorix, den düsteren Magier, der alle Drachen unter seine Kontrolle gebracht hatte und sich an ihren Eldunaris, ihren Herzen, gemästet hatte. Ein paar Vögel hingen unter den niedrigen Wolken, sie sahen aus wie Razacs. Plötzlich wurde die Tür aufgerissen. Nick schreckte auf. Der Schaffner stand in der Tür und wollte die Fahrscheine sehen. Die Dame reichte ihm ihre Fahrkarte.

Nick sagte: »Ich muss lösen, einmal einfach, bis Hamburg.« Der Schaffner rechnete und sagte: »85 Euro.« Während Nick in der Tasche nach dem Portemonnaie suchte, murmelte er »den Preis für Schüler bitte«.

»Das gibt es nicht, mein Junge«, sagte der Schaffner.

»Klar«, sagte Nick. »Moment.«

Moment! Seine Hand stocherte vergeblich nach seinem Portemonnaie. In der Tasche war nichts. Er suchte in der Brusttasche. Auch da war es nicht. Nun riss er sich die Stöpsel aus den Ohren und nahm sich den Rucksack vor, kramte den Pullover heraus, das Eragon-Buch, das Slip-Knot-T-Shirt, die zwei Paar Socken, die Unterhose, dann kippte er den Rucksack um, und noch während er darauf herumklopfte, schoss ihm ein Bild in den Kopf: Das Portemonnaie lag auf dem Schreibtisch in der Stube. Er sah es genau dort neben den DVDs, er hatte es rausgelegt und dann vergessen, weil er die Sachen so hastig zusammengekramt hatte. Und dann hatte er Herrn Schulte im Hof gesehen und war hinuntergestürzt und hatte alles vergessen.

Verzweifelt sagte er: »Ich hab mein Portemonnaie vergessen.«

Der Schaffner grinste. »Und der Ausweis?«

»Auch weg«, sagte Nick kleinlaut.

»Das wird teuer, junger Mann«, sagte der Schaffner, plötzlich völlig humorlos.

Die Dame schüttelte den Kopf und sah aus dem Fenster.

»Wo wohnst du?«, fragte der Schaffner. Kleinlaut diktierte ihm Nick seine Adresse.

»Wir halten in ...«, der Schaffner schaute auf eine Uhr, »... elf Minuten in Wuppertal, da ist für dich Endstation, Freundchen.« Und er setzte grimmig hinzu: »Ich helf dir beim Aussteigen.«

Nick packte seine Sachen zusammen und stellte sich für den Rest der Strecke an die Waggontür. Der Schaffner machte seine Tour den Gang hinunter, und immer wenn er mit einem Abteil fertig war, schaute er ihn über den Flur warnend an. Der Zug lief im Wuppertaler Bahnhof ein, und Nick stieg aus.

Nun stand er da. Menschen mit Koffern und Paketen mühten sich in den Zug. Der Zug fuhr ab. Nick blieb alleine zurück. Dann lief er hinaus und fand die S-Bahn-Station. Die nächste fuhr Richtung Essen. Er wusste nicht, wie es weitergehen sollte, Panik kroch in ihm hoch.

Die Bahn fuhr ein, und Nick stellte sich an die Tür und ließ das Abteil nicht aus den Augen. Und dann pas-

sierte es tatsächlich. Hinten, in der Sitznische jenseits
der Tür, war plötzlich ein Ziviler aufgetaucht und hatte
seine Marke gezückt. Warum müssen sie jetzt ausge-
rechnet vor Weihnachten das Geld abgreifen, dachte
Nick verbittert.

Nicks Herz klopfte. Doch offenbar gab es dort hinten bereits Probleme. Der junge Mann, um die zwanzig,
machte Randale. Er beschimpfte den Kontrolleur.

»Ich habe eine Jahreskarte, nur zufällig nicht dabei,
du Depp!«

Der Kontrolleur machte einen kräftigen und entschlossenen Eindruck. Laut, aber beherrscht verlangte
er nach den Papieren, sonst müsse er die Polizei verstän-
digen.

Der Mann weigerte sich. Der Kontrolleur sprach in
ein Funkgerät. Nick verstand »Situation« und »ohne
Papiere« und »Verstärkung«. Der junge Mann richtete
sich auf, der Kontrolleur schob ihn auf den Platz zurück
und baute sich drohend vor ihm auf. Da bahnte sich tatsächlich ein Kampf an.

Soweit es Nick erkennen konnte, war die Szene allen
im Zug unbehaglich. Einige steckten die Köpfe zusammen, andere sahen aus dem Fenster. Als die S-Bahn
zum Halt kam, stieg Nick aus.

Es war eine dünn bebaute Gegend. In der Ferne
konnte er einen Baumarkt sehen. Er nahm sein iPhone
aus der Brusttasche, wählte die Kontakte aus und drückte
auf »Richard«. Es dauerte eine Weile, bis abgehoben

wurde. Er hörte Waltrauds Stimme. »Oma, hier ist Nick.«

»Mein Junge, ist das schön«, rief Waltraud. »Wie geht es dir, hast du denn ...«

»Oma, ich wollte fragen, ob ich euch besuchen kann.«

»Was? Jetzt, zu Heiligabend, aber mein Junge, das wäre ja ... wo steckst du denn?«

»Oma, ich weiß nicht, ich bin hier in äh ...« Er hörte ein »Pling«. Die Anzeige auf dem iPhone zeigte »Batterie fast leer«.

»Oma, ich melde mich wieder«, rief Nick schnell und schaltete das iPhone ganz aus.

Warum hatte er nur die ganze Zeit Musik gehört? Warum hatte er nicht an das Portemonnaie gedacht? Warum überlegte er nicht, bevor er was tat?

Er lief über die Gleise zum Ausgang und stand kurz darauf an einer Landstraße. Auf dem Feld gegenüber stand ein Anhänger, die Deichsel zeigte in den Himmel, in dem schwarze Raben kreisten. Von Eragon keine Spur. Jetzt hätte er ihn brauchen können.

Sein Traum der letzten Nacht fiel ihm wieder ein. Er hatte einen Drachen geritten und war im Sturzflug aus mordsmäßiger Höhe hinabgedonnert in so was wie eine Stadt, kleine Häuser mit blakenden Fenstern, ja, es war Krieg, überall Flammen, und er kämpfte mit seinem Schwert gegen Marmorkrieger, denen immer neue Gesichter nachwuchsen. Feuer und merkwürdige Flügelwesen mit Augen, überall.

Grauenvoll.

Aber der Ritt auf dem Drachen war toll.

Nick streckte den Arm aus und hielt den Daumen hoch.

Roman, 23. 12., vormittags
Die Kolumne

Roman hatte seine nasse Wolfskin-Jacke in die Garderobe gehängt. Danach hatte er sich einen Espresso gemacht, hatte seine Nike-Jacke angezogen, die er wegen der Kaffe-, Soßen- und Suppenspritzer seine »Jackson-Pollock-Jacke« nannte, und saß nun vor seinem Monitor mit einem leeren Word-Dokument. Neben der Tastatur auf der Glasplatte lag sein Notizblock mit Stichworten wie »Weihnachtssterne«, »Saturntüten«, »Youcef NADARKHANI«, »nicht nur Glaubens-, sondern auch Meinungsfreiheit«. Einige der Buchstaben waren in Regentropfen zerlaufen. Kebeling? Nein, »Kerkeling«, das war das Gespräch an der Currybude.

Es war 13 Uhr. Bis 16 Uhr sollte er sein Weihnachtsfeature liefern. Ihm war jede Lust auf das übliche Gute-Laune-Augenzwinker-Geschreibe zu Weihnachten vergangen. Er würde über diese Demonstration schreiben, irgendwas, das allen die Laune verdarb.

Er war wütend. Wut war überhaupt seine Grundtemperatur in den letzten Monaten.

Da saß ein Geistlicher in Teheran in der Todeszelle, und ein paar Aufrechte demonstrierten im Nieselregen inmitten der Shopperwahnsinnigen für seine Freilassung. Zerzauste, struppige Störung des Betriebs. Frohe Weihnachten!

Schluck Espresso. »Was immer einem in diesen Tagen zu Christi Geburt einfallen mag«, tippte er, »kann ...«

Schlechter Einstieg. Er sollte mit einer Szene beginnen.

Ablenken. Entspannen bei anderen Katastrophen, die gab es reichlich. Er klickte die spiegel-online-Seite an. Gemetzel im Nahen Osten, Pleiten in den Eurostaaten, Hickhack um Hilfen.

Fasziniert las er eine Meldung über den fliegenden Weltraumschrott. Schrott überall. Riesenaufregung im Städtchen Georgetown in Texas, wo der Tank einer lange verschollenen Weltraumfähre in einen kleinen See geknallt war. Rund 6 000 Tonnen Weltraumschrott, so behaupteten Experten, kreisten um die Erde. Man habe allmählich die Kontrolle verloren. Das Zeug nähere sich einem »Kipppunkt«. Es gebe so viele Teilchen, dass sie sich durch ständige Kollisionen immer weiter vermehren.

Roman fand die Sache mit dem Schrott logisch.

Kipppunkt. War doch überall längst erreicht. Die Geschichte der Zivilisation ist die einer Anhäufung von Müll. Über die Weltmeere treiben riesige Teppiche von Plastikmüll, Verpackungen, Tüten, Ringe für Sixpacks,

Liegestühle, Badelatschen, Luftmatratzen, Petflaschen, riesige Plastikstrudel zwischen Hawaii und den USA, nur knapp unter der Wasseroberfläche, der Mensch ist ein Messi, wer soll den Scheiß aufräumen? Schwäbische Hausfrauen, die den Müll trennen?

Roman scrollte weiter. Und ärgerte sich erneut, über die Kolumne von Schlenz. Was war das nur für ein windiges Zeug. Jetzt hatte er sich Weihnachten vorgenommen, das er als »Fest der Heuchler« bezeichnete. Ach, nee.

Er holte sein Word-Dokument auf die Oberfläche.

Neuansatz.

»Das Rätsel an diesem Vormittag sind nicht die Handvoll Demonstranten, die sich dort vor dem Roten Rathaus im strömenden Regen an ihre Plakate klammern, das Rätsel sind diejenigen, die an ihnen vorbeihasten ...«

Schlenz hatte ja recht, aber aus den falschen Gründen. Er nannte Weihnachten ein »Fest für Gehirnlose und Trostlose«. Im Übrigen stelle der Feiertag einen »unerträglichen Eingriff« in die Privatsphäre dar, durch ein »repressives Wahnsystem«, dem er, Schlenz, sich nur dadurch entziehen könne, dass er sich am Heiligabend die Goldberg-Variationen des »zerbrechlichen« Glenn Gould vorspielen lasse – zerbrechlich, eine feuilletonistische Stimmungsvokabel, die immer auf unendliche innere Schwingungsräume verweisen soll – und dabei den Roman einer Autorin lese, von der Roman noch nie gehört hatte, die sich jedoch »die Welt mit Worten vom Leibe« halte.

Oder so ähnlich.

Kurz, die Kolumne war hip und angeberisch wie japanische Keramikmesser in einer Bulthaup-Küche.

Bei ihm sah es ganz und gar nicht nach Bulthaup aus. Im Gegenteil. Das Wohnzimmer war im gediegenen Landhausstil »rustikal« eingerichtet, hier oben in der Platte, noch aus Ostzeiten, mit einer raumfüllenden Schrankwand und dick gerahmten Spitzweg-Motiven. Man betrat hier oben im 24. Stock plötzlich eine Art Kaminzimmer ohne Kamin, mit Sesseln, die sehr eng beieinanderstanden.

Dem Schlafzimmer sah man an, dass es, kurz nach der Wende, komplett aus einem Möbelkatalog angekauft worden war, eine Schwelgerei in Kiefer. Die Finnland-Phantasie. In der Küche hatte die Vermieterin ihre Liebe zu Holland ausgetobt, blau-weiße Kacheln mit Windmühlen und Wasserträgerinnen in Holzpantinen, wohin das Auge auch schweifte. Selbst die Lampe über dem runden Küchentisch war blau-weißes Porzellan.

Er hatte die Wohnung samt Möbeln übernommen, als Rita weggezogen war. Sie war billig, und es musste schnell gehen, denn die Vermieterin war Hals über Kopf nach Sperlonga südlich von Rom gezogen, dorthin, wo ihr Urlaubsflirt, ein Tennislehrer, wohnte. Er rechnete fest damit, dass sie bald wieder auftauchte.

Seither hatte er kaum etwas verändert. Er mochte diese Anstrengung zu bürgerlicher Behaglichkeit.

Nun also ging er rüber ins gekachelte Holland, um sich einen neuen Espresso zu machen. Neben dem Spülbecken lagen ein paar Plastikschalen mit vertrocknetem Sushi und einem Salatrest, daneben stand eine Flasche Pinot Grigio, die er mit Sabine geleert hatte, nachdem sie einen Joint durchgezogen hatten. Dann hatten sie sich Terence Malicks »Tree of Life« angeschaut und später miteinander geschlafen.

Sabine mit ihren weißblonden Haaren, ein ehemaliges Model mit ansehnlichen Kurven, tröstete ihn über den Verlust Ritas hinweg. In ihrem Fatalismus war sie unschlagbar, aber im Unterschied zu ihm war sie stets bestens gelaunt. Getroffen hatte er sie auf einer dieser Journalisten-Award-Veranstaltungen.

Ihr konnte kein Kerl mehr was vormachen, sie hatte alles erlebt, schwule Fotografen, koksende Millionärserben mit ihren Yachten, eine Vergewaltigung durch einen Politiker nach einer durchsoffenen Nacht. Seit ihrem Karriereende, das gut zehn Jahre zurücklag, hatte sie sich als Journalistin über Wasser gehalten.

Allein und groß stand sie da an ihrem Stehtisch mit ihrer Bierflasche und hielt die Sektschlürfer mit stolzer Verachtung auf Distanz. Ein Wesen aus einem anderen Sonnensystem, dachte Roman damals, vielleicht kam sie von der Venus, aber dann war sie auf einer Harley-Davidson hierhergerauscht. Zu ihrem schwarzen Stretchkleid trug sie Pumps und Lederjacke, keiner schien sich an sie ranzutrauen, und sie kannte jeden Klatsch.

»Der Typ, der gerade ausgezeichnet wurde für sein dämliches Cover, der immer diese Charitys für Leukämiepatienten veranstaltet«, sagte sie, als sich Roman zu ihr gesellte, »der fährt regelmäßig mit seinem Buddy, diesem Anwalt, in einen Puff bei Lüneburg, um zu koksen und zu vögeln. Die Welt geht unter wegen solcher Typen.«

Seine Frau, erzählte sie weiter, sei aufgespritzt, kämpfe gegen das Alter und trinke. »Vier Kinder. Vorzeigeaffen, dressierte Karrierekanonen, alle schlucken Antidepressiva.«

»Ach ja?«, sagte Roman und staunte wieder einmal darüber, wie gnadenlos Frauen über Frauen herzogen. Sie nagen sie ab, sie skelettieren sie.

»Nimmt sowieso jeder hier, lässt sich ja nicht aushalten sonst.«

»Du auch?«

»Nee, ich kiffe«, sagte sie und nahm einen Schluck aus der Bierflasche, mit Gläsern hielt sie sich nicht auf.

»Konkurrenzgesellschaft Alter, das ist das Programm heute Abend, bedauernswerte Tröpfe, jeder von euch guckt zur Seite und keiner nach vorne, das macht euch krank, lies mal ›Luxury Fever‹ von Robert Frank. Das ist das Katastrophenprogramm, und hier sind lauter Katastrophenmacher.«

Sie standen an einem Stehtisch mit geraffter weißer

Bespannung und schauten dem trägen Strom gestiku-
lierender Drei-Tage-Bart-Menschen zu, der sich den
Tränken entgegenschob. Ab und zu schaukelten Kellne-
rinnen in weißen Schürzen Köstlichkeiten vorbei,
Happi-Happi auf Löffelchen für die verwöhnte Meute,
Thunfisch auf Algen, Rindertatar, Matjes mit Kaviar,
Gazpacho mit Shrimps.

Sie stürzten sich in einen gutgelaunten Beschimp-
fungswettbewerb.

»Windkanalkrakeeler«, sagte sie.

»Optimierungsprodukte.«

»Controlleridioten.«

»Angestellte Mutbürger!«, sagte Roman.

»Der war nicht schlecht ... Arschkriecher.«

»Angestrengte Hipster«, sagte Roman, »und da drüben«, er deutete mit dem Kopf zu einer Dreiergruppe,
die einen Chefredakteur umringte, »Schleicher und
Schlenzer.«

»Abteilung Genie und Wahn.«

»Der geht an dich«, sagte Roman. »Schreibmaschinen
mit Betroffenheitstaste«, und nickte einem Preisträger
hinterher, der mit seiner gerahmten Urkunde vorbei-
stolzierte.

»Alter«, sagt Sabine, »du warst doch auch mal Preis-
bulle.«

»Das war zu Zeiten, als solche Sachen in der Kantine
abgewickelt wurden. Heute wird der rote Teppich aus-
gerollt, die fühlen sich doch wie Til Schweiger.«

»Der hat übrigens den ›Querdenker‹-Preis gekriegt, Til Zweiohrküken-Schweiger.«

»Aber immerhin war er besoffen.«

»Wenn ich noch eine einzige Gefühlsreportage über eine Krebskranke lesen muss, gehe ich kotzen«, sagte Sabine.

»Wenn es doch eine einzige ungelenke Wahrheit in solchen Geschichten gäbe«, sinnierte Roman, »mal ein verpfuschter Einstieg, ein Fehler, ein echtes Zittern.«

Sie gingen noch am gleichen Abend miteinander ins Bett.

Nun wischte er die Spüle sauber und kehrte zurück zum Monitor. Zurück zu Weihnachten. Der Regen zog Schlieren über das Panoramafenster im 24. Stock des Plattenbaus am Hackeschen Markt. Er starrte auf den Monitor.

Keiner der Idioten hatte sich in die Unterschriftenliste eingetragen. Noch nicht mal das. Die meisten hatten das Flugblatt, das ihnen hingehalten wurde, kurz überflogen und dann wie ein gebrauchtes Taschentuch in die Manteltasche gesteckt.

Roman war ein Erregungsschreiber, die Gedanken kamen erst später. Wenn sie kamen. Manchmal kamen sie nicht. So what! Gedanken werden überschätzt, sagte er sich. Gedanken haben die Welt dahin gebracht, wo sie jetzt ist. Vielleicht sollte man es mal mit innerer Anteilnahme versuchen oder anderen Gefühlswerten. Oder einer Streckung, über sich selber hinaus. Aber ein inneres Anliegen, wenigstens das, musste bei allem spürbar sein.

Er freute sich auf Richard, auf Waltraud, auf den Weihnachtsbaum mit den Strohsternen, auf die ewiggleichen Gespräche und Erinnerungen, die auch ein Ritual waren. Ja, es würde warm und herzlich und langweilig werden, und dann würde er mit Bill streiten und sich auf Rita und Nick freuen, die sich für den ersten Feiertag angemeldet hatten.

Was war Weihnachten für ihn? Als Kind war es aufregend. Es war ein Fest für Kinder.

Er dachte zurück an das Jahr, als Nick seine Ritterburg bekam, da war er drei, der Kleine tanzte vor Freude, ja, er sprang regelrecht in die Luft. Noch nie hatte er so viel pures, unverstelltes, ausgelassenes Glück erlebt. Hatte es mit Weihnachten zu tun? Aber sicher, da kam alles zusammen, die Kerzen, die Geheimnistuerei, der Baum, das Gefühl, dass in dieser Nacht überall auf der Welt gelächelt wurde, und dieser Glanz hatte sich auch auf Nick gelegt. Einen Moment lang: Alles in Ordnung.

Er starrte für eine Weile auf den Monitor und kehrte zurück in die Küche, um sich einen neuen Espresso zu machen.

Diese Hollandseite war die Museumsseite. Über dem Pergamon-Museum lag ein irgendwie schwerbäuchiger, schwangerer Himmel. Von hier aus hatte Roman einen Adlerblick auf die Museumsinsel, die S-Bahn-Gleise, die in den Westen führten, die Spree, dahinter den Tiergarten und die endlose Stadt, diesen gestaltlosen Häuserbrei. Berlin war größer als Paris und weit hässlicher.

Natürlich war damals nichts in Ordnung gewesen. Es wackelte, sie stritten sich oft, sie versöhnten sich, bis der Versöhnungsstoff aufgebraucht war. Das war Romans Theorie: Jede Beziehung hatte nur einen gewissen Vorrat an Versöhnungsstoff. Guter Sex kann ihn auftanken.

Doch vor drei Jahren hatten sie sich getrennt, trotz des Sexes. Rita hatte Paul kennengelernt, dessen Frau an Krebs gestorben war, offenbar war das unwiderstehlich für Rita, und sie zog zu ihm nach München, wo sie jetzt in einem Museum arbeitete. Nick lebte das erste Jahr in dieser neuen Familie, doch seine Zensuren verschlechterten sich, er stritt sich oft mit seinen neuen Geschwistern, besonders aber mit Paul.

Roman nahm die Tasse aus der Maschine, setzte sich an seinen Mac und schaute hinüber zum Roten Rathaus, das im grauen Nebel verschwand. Daneben das Riesenrad mit seinen bunten Lampen, der Weihnachtsmarkt mit seinen Buden.

Die Kundgebung hatte sich sicher längst verlaufen. Ein Pastor, dessen Verbrechen darin bestand, dass er zum Christentum konvertiert war. Roman schüttelte den Kopf. Mann. Es war eher eine Mahnwache mit Teelichtern und Plakaten und Unterschriftenlisten. Roman hatte einem grandiosen Scheitern zugesehen, nämlich der Vergeblichkeit der Demonstranten, den vorüberhastenden Schnäppchenjägern nahezubringen, dass es tatsächlich Menschen gibt, die an diesem Weihnachtsfest für ihren Glauben Kerker auf sich nehmen.

Roman hatte sich in die Unterschriftenliste eingetragen, die ihm eine Studentin auf einem Brett hinhielt. Er nahm ein Flugblatt mit dem Konterfei des Iraners entgegen und stellte sich dann an eine Glühweinbude, um seine Notizen zu überfliegen. Einen Moment lang hoffte er, dass Schlenz hier auftauchen würde, im Schnellschritt wie alle anderen, bepackt mit Einkäufen für die »christlich bekiffte Geschenkorgie«, mit eben dieser ominösen Glenn-Gould-Edition, auf dem Weg nach Hause, wo er sich auf sein Designersofa setzen würde, um kritisch zu denken und sich mit den Worten der unbekannten Autorin die Welt vom Leibe zu halten und ein Schicksal wie das des Geistlichen.

Aber Schlenz war überall, in den verschiedensten Bildungs- und Einkommensniveaus. Da saß jemand im Knast, weil er einen Kern hatte, der nicht korrumpierbar war, eine Grundgewissheit, die er nicht dem jeweils letzten Schrei opfern wollte, auch nicht unter Todesdrohung – und alle latschten vorbei.

Neben Roman stand ein untersetzter Mann mit Lederjacke, Schiebermütze auf dem Kopf, der einen Karton von Saturn abgestellt hatte, sicher irgendwas für 49,99 Euro, hübsch verpackt. Er schaute auf die zwei

Dutzend Protestierer und sagte: »Alle Religionen sind irgendwie verrückt.«

Roman fuhr auf. »Alle Religionen? Sie meinen, der Mann, der dort inhaftiert ist, weil er an Jesus Christus glaubt, ist verrückt?«

Der Mann war ein wenig verdutzt über Romans Heftigkeit. Er hob beschwichtigend die Hände. »Ich meine ja nur.«

»Ich verstehe Sie nicht«, sagte Roman scharf. »Sie feiern doch wie alle Weihnachten, also Christi Geburt.«

»So kann man's auch nennen«, sagte der Mann und lächelte abfällig. »Im Übrigen«, setzte er dann hinzu, »haben die Christen ja auch gewütet.«

Jetzt kommt das mit den Kreuzzügen, dachte sich Roman.

»Schauen Sie sich die Kreuzzüge an, da war der Saladin, der Muselmane, übrigens ein hochkultivierter Mann, der hat die Algebra erfunden.«

»Aha?«

»Das hat Hape Kerkeling neulich im Fernsehen bewiesen, in seiner Geschichtssendung.«

Roman zuckte mit den Achseln und wandte sich ab. Nur mühsam konnte er den Wunsch unterdrücken, den Mann an seinen Haaren zu packen und ihn mit dem Gesicht in die Ketchup-Pfütze auf seinem Pappteller zu stoßen.

Schlenz, überall Schlenz, überall höhnische Ahnungs-

losigkeit. Wie sollte er das zu Papier bringen, ohne aus-
fallend zu werden?

Er starrte auf den Monitor. Noch eine Stunde.

Er suchte die Goldberg-Variationen in seiner Playlist,
und bald rasten die silberharten Läufe von João Carlos
Martins durch den Raum, als sei er auf der Schlussgera-
den des Großen Preises von São Paulo. Doch das war
erst der Anfang.

»Warum spielen Sie so schnell, Senhor Martins«,
hatte ihn ein Reporter einst gefragt. »Weil ich es kann«,
sagte Martins und lächelte. So cool. So toll. Roman
hatte über ihn geschrieben. Heute waren sie befreundet.
Diese Sachen fesselten ihn nach wie vor an seinem Job.
Immer hatte er mit Schüchternheit zu kämpfen, wenn
er Fremde ansprechen musste. Schüchternheit oder di-
stanzlose Nähe, dazwischen gab es nichts. Ihm fehlte
die kultivierte Halbdistanz. Ein echter Mangel. Aber ab
und zu traf er eben auch Pianisten und Geschichtenerzähler und Großherzen wie Brasiliens João Carlos Martins, in die er sich verliebte.

Martins, der Katholik, verstand Mathematik und Zu-
fall. Und Jubel. Gottesjubel.

Wenn er es ernst meinte mit seinem Glauben, dachte
Roman, dann müsste er selber in einer Klosterzelle sitzen. Pascal hatte recht. Wenn auch nur die entfernte
Möglichkeit bestünde, dass das Leben auf ein letztes zor-
niges Gericht zulaufe, dann müsste jeder, der nicht völlig verrückt ist, sein Leben auf diesen Punkt ausrichten,

denn die Ewigkeit ist lang. Du musst dein Leben ändern!

Christ sein ohne jede Ironie war heutzutage verrückt. Man brauchte Geißlers TV-Opportunismus in Glaubensdingen. Hatte er doch kürzlich in einer Talkshow vor einem kichernden Saalpublikum und damit vor einem Millionenpublikum erläutert, dass die Sünde eine spätchristliche Fälschung sei, und die Schuld sowieso. »Ich kann mich nicht erinnern, dass ich in den letzten zwei Wochen gesündigt hätte«, sagte er lächelnd, und dann wegwerfend: »Das ist ein System, um die Menschen zu knechten.« Roman war fassungslos. War nicht die Vergebung der Sünden das erste Amt, das Jesus seinen Jüngern übergab? Und dieser alte Parteistratege mit den tausend Falten war sündenfrei? Er erzählte, was die Leute hören wollten. Er war so billig.

In seinen Kreisen galt Roman mittlerweile als komisch. Aber war der christliche Glaube nicht zwangsläufig komisch in diesen Zeiten? War er das nicht schon immer, echter Glaube? Klar war der heilige Franziskus verrückt in den Augen seiner Freunde. Wie er, der junge Aufschneider und Verschwender Francesco Giovanni di Pietro Bernardone, seinem Vater die Klamotten vor die Füße geworfen hatte und sich zur Armut und zur Nachfolge Jesu entschloss und dazu, die kleine Kirche San Damiano wiederaufzubauen, nur weil ihm eine Stimme genau das befahl? War es eine Halluzination?

Konnte er, Roman, an Christi Geburt glauben? Daran, dass Gott Mensch geworden war und sich sichtbar gemacht hatte? Vielleicht war dieser ganze Rummel mit Weihnachtsengeln und Stollen und Würstchenbuden nur unsere Art, mit diesem Skandal umzugehen, dachte er. Besser kriegen wir es einfach nicht hin, wir lassen uns Übersetzungen einfallen, so was wie eine geschwärzte Glasscheibe, mit der wir in die Sonne schauen, ins Licht, in die Wahrheit. Wir beduseln uns mit Kunstschnee und Glühwein und Märchen, um der Beleidigung unserer Intelligenz durch Gottes Geburt auszuweichen. Dem Skandal. Und der besteht doch in der Ankunft Gottes als Mensch.

Er setzte neu an. Weihnachten!

»Sie stehen im Regen zwischen den Buden wie eine struppige Störung. Bratäpfel und Glühwein und Engel mit goldenen Flügeln in den Schaufenstern – und dann das: Eine Frau am Megaphon, ein Plakat, das einen dunkeläugigen Mann mit Frau und Kindern zeigt. Dieser ...«

Nun schrieb er, schrieb konzentriert rund eine Stunde lang.

Dann las er den Text noch einmal durch und schickte ihn per Mail an Bergmann. Es war ein wütender und trauriger Text, garantiert nichts für eine Doppelseite mit Schmuckrahmen aus Tannenzweigen.

Auf seiner Playlist klickte er »Let it bleed« von den

68

Stones an, einen Klassiker von 69. Sein Geburtsjahr, guter Jahrgang. Er wäre gerne damals 16 gewesen.

Er träumte sich in die Sechziger, die er nur aus Filmen kannte, und von ihrer Musik, und er wünschte sich, er hätte sie erlebt.

Das Telefon klingelte. Es konnte nur Waltraud sein, alle anderen riefen ihn auf seinem Handy an.

»Hallo, Mamilein!«

»Wann kommst du, mein Junge?«

»Morgen Mittag, hat sich nichts geändert.«

»Nick hat angerufen.«

»Ach ja?«

»Er wollte auch morgen kommen.«

»Er ist doch erst übermorgen dran, mit Rita.«

»Ja, das dachte ich auch. Er klang irgendwie aufgeregt, er wollte wissen, ob es uns recht sei. Ich hab ihm natürlich gesagt, dass er willkommen ist.«

»Und?«

»Dann war die Leitung unterbrochen ... meinst du, er steckt in Schwierigkeiten?«

»Hm, komisch ist es schon ... ich werd mal mit Rita sprechen, mach dir keine Sorgen, Mami, es wird schon alles gut sein.«

Waltraud seufzte. »Pass auf dich auf.«

»Du auch, Mami. Wie geht es Richard?«

»So unglaublich gut, Roman, das wundert mich auch. Er ist seit gestern so ... frisch. Er freut sich wohl sehr darauf, dass ihr alle kommt.«

»Grüß ihn, Mami.«

Er hängte auf. Merkwürdig. Er wählte Nicks Handynummer. Nur der Anrufbeantworter. Er sprach ihm drauf.

»Nick, ruf mich an. Omi hat gesagt, du kommst schon morgen nach Hamburg. Das ist ja überraschend. Ich freu mich auf dich, Buddy.«

Dann Rita. Auch bei ihr nur der Anrufbeantworter. Auf ihrem Festnetz versuchte er es erst gar nicht, da bestand immer die Chance, dass Paul abhob. Paul mit seinem sonoren, unerschütterlich sicheren Chefarztorgan.

Er machte sich Vorwürfe wegen Nick. Steckte er in der Klemme? Verdammt, er war dabei, wieder einmal, sein Leben vor die Wand zu fahren. Die Steppenwolf-Phase. Isoliert, voller Wut, diese Spießbürgerwohnung war Steppenwolfs bürgerliches Stiegenhaus. Der Geruch von Ordnung und Anstand, unerreichbar für ihn. Im Fahrstuhl allerdings bereits Spuren der Verwüstung. Auf die Plastikfolie über dem Reklamebrett im Fahrstuhl, auf dem für Pizza-Service, Nagelstudios und Bestattungsunternehmen geworben wurde, hatte irgendein Anonymus mit dem Schlüssel die Buchstabenfolge »FUCK« geritzt. Er lebte in einem Außenposten, am Rande des Bürgertums, am Rande der Welt.

Der Steppenwolf. Diesmal ging es um sein Leben als Vater. Hätte er Nick zu sich nehmen sollen? Er kam ja selber kaum klar, und dann diesen empfindsamen, ernsten Jungen an seiner Seite? Ganz davon abgesehen, dass

Rita sich das alleinige Sorgerecht gesichert hatte. Was, wie er nun zugeben musste, gut so war.

Früher war er mal Väteraktivist und hatte vehemente Debatten angezettelt, heute war er ein lausiger Vater. Sein Bestseller lag schon Jahre zurück.

Wahrscheinlich brauchte er Nick mehr als der ihn, und das waren schlechte Voraussetzungen. Nick war so ein cooler Typ, vielleicht ein bisschen verträumt, aber er hatte Romans Zofferei mit Rita mit erstaunlicher Gelassenheit hingenommen. Als dann Rita mit der Internatsidee kam, hatte Roman keine großen Widerstände entgegengesetzt, auch Nick nicht.

Er hatte ihn ein paar Mal dort besucht und einen guten Eindruck gewonnen. Jesuiten, gute Erziehung. Irgendwo hatte er über die Maslowsche Bedürfnispyramide gelesen und damit seine Gewissensbisse beruhigt. Ein glückliches Leben ließ sich zerlegen in feste Bestandteile. Zunächst kamen die Grundbedürfnisse, also Essen, Trinken, Schlafen. Dann die Sicherheitsbedürfnisse, das Dach überm Kopf. Auch das war im Internat gewährleistet. Dann die sozialen Bedürfnisse, Freundschaften, die hatte er im Internat reichlich, wahrscheinlich sogar befriedigender als in irgendeiner dämlichen versnobten Zuchtanstalt in München oder einem halbkriminellen Umfeld wie Berlin.

Was die »Ichbedürfnisse« anging, also Anerkennung und Geltung, da war er offenbar erfolgreich. Wie stolz er ihn nach seiner Theateraufführung angerufen hatte!

Tja, und was die »Selbstverwirklichung« betraf, die Pyramidenspitze, da schien er mit all den Theaterkursen und Sportveranstaltungen bestens im Rennen zu sein.

Nur die Kifferei beunruhigte ihn. Aber so wie er Nick kannte, war es eine Ausnahme. Das sollte es bleiben. Kiffen verblödet.

Es hatte ihm einen Stich versetzt, dass Nick Waltraud angerufen hatte, um seinen Besuch zu annoncieren, und nicht ihn. Aber wahrscheinlich wollte er nur die Etikette einhalten. Manchmal war er so ... formell. Mit Richard verstand er sich ohnehin am besten und Richard sich mit ihm. Die beiden schien irgendein Geheimnis zu verbinden, auf das er ein wenig neidisch war. Vielleicht hatte es damit zu tun, dass sie erkannten, was wirklich wichtig war im Leben.

Das hatte er an Richard am meisten bewundert, dass er so unbeirrbar geblieben war. Vielleicht war es das: Er war konsequent, so wie Nick konsequent war.

Und nun war Richard, offenbar, dabei, in unbekanntes Terrain aufzubrechen. Mehrmals war er in den letzten Wochen rübergefahren nach Hamburg und hatte sich mit ihm, in seinem »Arbeitszimmer«, über die Weltlage unterhalten. Die interessierte ihn immer weniger. Doch er blieb freundlich. Roman erzählte ihm von der Arbeit, von seiner Sehnsucht nach Rita und Nick, Richard verstand alles. Aber gleichzeitig war er offenbar dabei, sich in eine große milde Ichlosigkeit zu verabschieden.

Wer weiß, vielleicht war das die wortlose unio mystica, das Einssein mit Gott, von dem Meister Eckhart schrieb? Natürlich war Waltraud verzweifelt, aber er selber betrachtete Richards allmähliches Abgleiten mit großer Verwunderung. Sein Gesicht leuchtete auf mit einer großen Freundlichkeit, als ob sich ein Licht darauf zeigte, in einer nach innen gekehrten Sicht, in einer mystischen Teilhabe, in der alles Gott ist und alles Güte und alles Gerechtigkeit.

Er räumte die Sushi-Schachteln in den Mülleimer und wischte über die Spülenablage. Sabine und die Reste. Sie mochte keinen Lachs. Eigenartige Frau. Sie hatten sich in den letzten Wochen immer wieder getroffen, Kino, Theater, das Übliche, sie hatten Lust aufeinander, alberten viel herum, gingen ins Riverside oder ins Berghain, einmal trieben sie es auf der Damentoilette des Adlon.

Sie hatten Spaß, achteten aber darauf, dass sich nichts Ernsthaftes entspann. Beide waren sie zerschrammt, er noch mehr als sie.

Gestern Nacht hatte sie ihm von ihrer neuen Kolumne erzählt. Sie hatte diese Ratgeberecke erfunden, als Diplom-Psychologin Dr. Edeltraud Borgschulze. Ihr Ehrgeiz bestand darin, sich für ihre Leserinnen die absurdesten Wegweiser ins Desaster auszudenken.

So hatte sie einer depressiven Briefschreiberin, die sie natürlich gleich miterfunden hatte, geraten: »Putzen Sie. Putzen Sie, was das Zeug hält. Sobald es Ihnen schlechtgeht, Eimer raus, Feudel in die Hand, und auf die Knie.« Darauf war sie von sämtlichen Manikerinnen des Landes, von der Internationale der Zwangsneurotikerinnen mit Putzfimmel, mit begeisterten Zuschriften überhäuft worden.

Sie lachte. »Und die anderen haben vielleicht mal ihren Schweinestall aufgeräumt.«

Sie tranken und kifften und schauten die mystischen Familiengeschichten von Terence Malick, und später schliefen sie miteinander ohne große Leidenschaft, aber die intime Nähe tat ihnen gut.

»Christlich-bekiffte Geschenkenummer«, sagte Roman und lachte.

Sabine stützte sich auf. »Spinnst du?« Sie knuffte ihn.

»Hör auf, ich hab nur zitiert«, sagte Roman und erzählte sarkastisch von der Kolumne von Schlenz. Und von dieser Demo am nächsten Tag, wo nichts bekifft sein würde, sondern alles nur grimmiger Ernst. Sabines Haare fielen über seinen Brustkorb wie ein goldenes Nest. Sie streichelte ihn und sagte: »Du bist ein komischer Vogel ... ein Traditionskatholik als Hippie, das gibt's doch gar nicht.«

»Die kapieren es nicht. Wir leben doch alle von der Hand in den Mund. Alle unsere Fünf-Minuten-Parolen. Ich spüre einfach mehr und mehr, dass Traditionen das Einzige sind, was uns hält. Und dazu gehören Riten.«

»Und kiffen.«

»Nur mit dir.«

Sabine schwieg. Und dann sagte sie zärtlich: »Siehst du denn nicht, dass du dich kaputtmachst? Sie zerfleischen dich doch.«

»Die zerfleischen sich schon gegenseitig.« Roman lächelte resigniert. »Ich hab einfach das Talent verloren, Leute nicht mehr vor den Kopf zu stoßen.« Er blies einen Ring und schaute ihm nach, bis er unterhalb der Zimmerdecke zerriss. »Dabei wird mir nur so schnell langweilig. Ich hab nichts gegen Menschen.«

Walker Percy schrieb einmal, er gehe nicht in die Kirche, um Trost zu finden, sondern um mit seinem Schöpfer zu reden. Wenn er sich trösten wolle, würde er vögeln. Das beschrieb er in etwa auch für Roman.

Katholisch sein war für ihn eine Selbstverständlichkeit. Roman konnte sich eine Welt ohne Gott, ohne die Sakramente nicht vorstellen. Der Reformkram dieser verbiesterten grauhaarigen Weiber mit ihren Gottesdiensten von Frauen für Frauen – zur Hölle damit. Ebenso mit den Schwulengottesdiensten, er hatte nichts gegen Schwule, beileibe nicht, er hatte viele schwule Freunde, aber keine, die sich so wichtig nahmen.

Den Aktivisten, so sah er es, ging es nicht um die Eucharistie, sondern um Politik. Er fand es völlig richtig, dass der neue Papst – ein Chinese – alle diese Priester- und Priesterinnen-Initiativen exkommuniziert hatte, nachdem sein Vorgänger, dieser bestechend kluge deutsche Theologe, resigniert zurückgetreten war. In dem Konklave hatten sie sich auf diesen Kompromisskandidaten geeinigt, nachdem die italienische Seilschaft auseinandergefallen war.

Es gab Wichtigeres in der Weltkirche, als sich mit deutschen Schwulen- oder Frauengottesdiensten zu befassen, das machte der Neue klar. Zum Beispiel diese Demonstration, die er am Vortag gecovert hatte, hier ging es um christliche Märtyrer, um die der Neuzeit.

Roman schaute wieder in den Dezembernebel. Im Plattenbau gegenüber hingen kleine Weihnachtsbäume in den Fenstern. Seine Leser.

Sie wollten es also nicht so religiös, hatte ihm Bergmann immer wieder gesagt. Bergmann wollte es nicht so religiös. Der Verleger wollte es nicht so religiös. Die ganze Branche wollte es nicht so religiös. Hm, was heißt das eigentlich? Nicht ganz so ernst? Ein bisschen Platz lassen für Ironie, ein bisschen Spiel?

Ihm war klar, dass er in der Redaktion als Sonderling galt. Als schwierig. Früher war er als Reporter durch die Welt gefahren und hatte genau das geliefert, was alle wollten, all diese bunten und halbgescheiten Geschichten mit diesem amüsierten Blick von oben. Oder ganz dicht dran. Die Convention der Demokraten in New York, Porträts von Mesut Özil oder Erinnerungen an Romy Schneider. Er stand in den Trümmern des World Trade Center und zog mit einer Butoh-Gruppe über einen Friedhof bei Kyoto. Er war einer der Ersten im Kosovo, als dort das große Schlachten begann.

Er war prämiert worden und hatte Karriere gemacht,

war zum Chefreporter gemacht worden, und plötzlich, vor rund drei Jahren, war ihm alles fade geworden.

Er wurde ruppig. Während eines Interviews mit einem Hollywoodstar, der einen, wie man so sagte, »engagierten« Film über Kriegsverbrecher gedreht hatte, hatte er einen Lachanfall bekommen. Zunächst saßen sie zusammen, Roman interessierte sich nicht für den Star und der sich nicht für Roman, weil er der wahrscheinlich achte Interviewer war an diesem Nachmittag. Nicht, dass sie sich nicht mochten – sie waren sich einfach gleichgültig.

In seinem Film spielte der Star einen Journalisten, der den Exhumierungen aus einem Massengrab im Kosovo beiwohnt und zu recherchieren beginnt.

Und in diesem Interview spielte er, Roman, einen Journalisten, der einen Hollywoodstar über Kriegstragödien befragte, und er hatte sich wie gewohnt notiert, was er sah in dieser Suite im Grandhotel am Park, »gelbe Seidenbezüge«, »Teekanne aus Sterling-Silber«, »2350 Leichen von Männern, Frauen, Kindern«, »LV-Koffer«, »Budget 15 Mio« – und hatte dann losgeprustet.

Er konnte sich nicht mehr beruhigen, musste das Interview abbrechen. Die Filmfirma beschwerte sich später beim Chefredakteur.

Von da an war es mit ihm bergab gegangen. Und seit er dieses Buch über seinen Glauben geschrieben hatte, mieden ihn auch die Kollegen. Einige schätzten immerhin seinen Mut. Doch der große Rest schüttelte den

Kopf. Nachdem er in einer Talkshow ausgerastet war, weil irgendeine Psychotante Gott mit Hitler verglichen hatte, war man verstimmt.

Dabei hätte die andere aus dem Verkehr gezogen werden müssen. Und was die Fernsehdamen anging, sollten sie doch dankbar sein, endlich mal was los.

Aber er dachte nicht daran, sich einen Maulkorb verpassen zu lassen.

Ein älterer Kollege aus Hamburg, einer der Letzten in der Branche, die Statur hatten und Witz und Bildung, wollte ihn jüngst zu den LEAD-Awards mitnehmen, aber er hatte abgelehnt. Als er die Morgenpost las, wusste er, warum. Wieder mal feierte sich die Branche selber, an viel zu üppigen Büffets, organisiert von einem Österreicher, der vor 20 Jahren einmal Wind gemacht hatte mit einem Magazin, das jede Menge Pop und Gerissenheit ausgebrütet hatte.

Vielleicht hätte er hinfahren und mit einem Stuhlbein alles kurz und klein schlagen sollen. Gewaltfantasien. Bilder. Gemeinheiten. Es überschwemmte ihn. Und manchmal der Drang, einfach loszuheulen. Aber geheult hatte er das letzte Mal, als er nach seinem ersten Besuch in München Nick wieder an der Villentür ablieferte, in der Rita ihn erwartete.

Wie konnte er diesen Beruf je ernst nehmen. Wieso hatte er nichts Ordentliches gelernt. Bäcker zum Beispiel oder Ingenieur, dann könnte er sich, wie Pedro, der Mann seiner Schwester, nützlich machen. Aber wer brauchte schon Journalisten zum Aufbau einer besseren Welt? Oder wenigstens Romanautor. Jahrelanges Arbeiten in stimulierender menschenfreundlicher oder noch besser: menschenfreier Umgebung.

»Wahrheit?«, hatte ihm einst ein Schauspieler in einer Talkshow entgegengebrüllt, als er mit seinem Buch tingelte, »was ist denn schon Wahrheit?« Da hatte er versucht, seinen Glauben zu verteidigen. Der Titel der Sendung hieß: »Muss sich die Kirche modernisieren?«

Muss sie natürlich nicht, ihr Idioten. Das war seine Haltung. Warum sollte sie?

»Sind wir in der Modebranche oder beim Glauben?« rief er erregt. »Katholikenpunk« hieß es am übernächsten Tag im Tagesspiegel.

Vielleicht ließ er sich ja tatsächlich zu schnell auf die Palme bringen. Aber Modernisieren war doch Schwachsinn! Die sollen in die Messe gehen, die Leute, da gibt's nichts zu modernisieren. Sollen wir die Evangelien umschreiben? »Die Kirche ist ewig«, rief er, »die Moderatorin ist es nicht, wir alle sind es nicht.«

Verstand denn keiner, dass der Katholizismus die letztmögliche Form des Widerstands war? Dass die wahre Opposition gegen diesen geistlosen Rutsch in die Katastrophe weder in den kabarettistischen marxistischen Wiederbelebungsversuchen noch in Marktbekenntnissen liegen konnte, sondern nur in den nahezu verschütteten Riten des katholischen Glaubens? Hoffnung gab es doch letztlich nur hier.

Allmählich hatte er es sich mit allen verdorben, übrigens auch mit seiner Familie, bis auf Waltraud, der es in erster Linie darauf ankam, dass er, wenn er im Fernsehen war, aufrecht im Stuhl saß und den Bauch einzog.

Er schaute auf die Uhr. Allmählich musste der Anruf kommen. Der Anruf kam immer. Er klickte seine Playlist an, die er »All Time Best« genannt hatte.

»The beat goes on« von Sonny & Cher. Seiner Meinung nach die absolute Gipfelleistung des Pop, aber auch damit stand er allein. »Drums keep pounding a rhythm to the brain, ladedadede, ladedadeda ...« Alle neugierig damals, alle auf der Suche, und wenn sie nach Indien führte.

Sein Handy klingelte. Bergmann, der Ressortleiter »Modernes Leben«, war dran. Endlich. Klar rief Bergmann an, er hatte darauf gewartet.

»Hallo, Roman ... ähm, es geht um deinen Text.«

»Dachte ich mir.«

»An dieser einen Stelle, wo du so hübsch ironisch schreibst: ›So feiern sie mit ihren Schnäppchentüten die Menschwerdung Gottes, des Erlösers ...‹ – das ist er ja nicht für die Atheisten, verstehst du, ein Drittel der Deutschen sind Atheisten, und hier in Berlin sind es zwei Drittel, die kannst du nicht einfach vereinnahmen.«

Da Roman nicht antwortete, fuhr Bergmann fort: »Können wir nicht sagen: ›die angebliche Menschwerdung Gottes‹, damit stoßen wir die Muslims nicht vor den Kopf und übrigens auch die Juden nicht.«

»Aber Weihnachten ist doch ein christliches Fest, verdammt noch mal. Da wird nicht Allah gefeiert oder das Spaghettimonster, sondern Jesu Geburt.«

»Vielleicht können wir machen: ›So feiern diejenigen, die an einen christlichen Gott glauben, die Geburt Jesu.‹«

»Aber das tun sie ja gerade nicht, das ist doch die Pointe.«

»Können wir nicht einfach Gott raus- und stattdessen reinnehmen: ›jene, die an ein höheres Wesen glauben‹?«

Roman lachte gequält auf. Er fragte: »Habt ihr den Pastor und seine Familie? Die sind die Hauptsache. Wir müssen Druck machen, der Fall muss an die große Öffentlichkeit, es geht da um mehr als nur ein paar Demonstranten auf dem Weihnachtsmarkt.«

»Roman? Denk daran, wir erscheinen Heiligabend. Da wollen die Leute nicht agitiert werden.«

»Was soll denn das schon wieder heißen?«

»Jetzt reg dich nicht gleich auf, Roman, ich meine nur, versuche mal, wie soll ich sagen ... ähm, nicht so zu predigen. Sei nicht, ähm, so religiös.«

»Scheiße«, rief Roman und beendete die Verbindung.

Er sprang auf und tigerte erneut zur Espressomaschine. Journalisten halten Espresso für eine Wunderdroge, die gegen alles hilft. Bei Roman war es so. Gegen Müdigkeit und Schreibhemmungen und Ärger und Frust.

»Scheiße, Scheiße, Scheiße«, brüllte er.

Nicht religiös über einen Christen schreiben, der für seinen Glauben in der Todeszelle sitzt? Wie geht das? Wie kann man darüber schreiben, ohne betroffen zu sein? Oder sturblödeernst zu werden?

Das konnte Bill nie passieren. Sein brillanter älterer Bruder hielt sich tiefere Überzeugungen mit mittlerweile routiniertem Zynismus vom Halse. In seinen Augen war Roman in einen ganz bösen, engen Tunnel abgetaucht. Einen Tunnel für Verlierer. Ach, Bill, du Idiot, in deiner unerschütterlichen Selbstgefälligkeit!

Aber selbst Richard mahnte ihn bisweilen. Nicht, weil er nicht mit ihm einverstanden wäre, aber er sagte, es käme nicht darauf an, recht zu haben, sondern im anderen »Jesus zu erkennen«. In jedem anderen!

Ach Richard, du kennst die Typen nicht!

Die Playlist spielte nun Cohens »Hallelujah« in der Version von Jeff Buckley. Der beste Song aller Zeiten. Er begann mit diesem Ausatmen. Hhhhh! Ein Todesseufzen, ein Erleichterungsseufzer, er hatte es hinter sich, Jeff Buckley, wieder einer dieser bärtigen jungen Melancholiker und Trinker, der mit 33 Jahren von einem Schiff gefallen war. War er gesprungen? Warum sind es immer diese Gefühlsgenies, die so früh zerbrechen?

Roman freute sich auf den Alten, der selbstverständlich seine rote Strickjacke tragen würde, und selbstverständlich würde Waltraud ihm drohen, das »olle Ding« nun endlich wegzuschmeißen. Mit dieser Strickjacke unter seiner Leselampe, er hatte ihn früher meistens so erlebt. Mit welcher Disziplin er sein Leben gelebt hatte. Bill, dem Macher, imponierte besonders das. Nicht der Kirchenfirlefanz, sondern jeden Morgen um 6 Uhr raus, schwimmen gehen, dann in die Frühandacht. Um 8 saß er am Schreibtisch, so musste das Leben gelebt werden, um nützlich zu sein.

Punkt 13 Uhr kam er zum Mittagessen und ließ sich Punkt 18 Uhr 30 wieder vom Chauffeur zu Hause absetzen. Dann wurde der Rosenkranz gebetet, und dann las er. Für Roman war dieser Zug an Richard derjenige, vor dem er den größten Respekt hatte: Seine nie endende geistige Neugier.

Aber es gab so viel mehr. Manchmal, wenn er las, lachte er auf, und dann las er vor, prustend, etwa den Vortrag des Stotterers im »Doktor Faustus«, und keiner verstand irgendwas, weil er nur stoßweise und nach Luft schnappend einzelne Wörter herausbrachte, selber vor Vergnügen stotternd, und so lachten sie eben über ihn.

Morgens mit ihm in die Badeanstalt. Fußball, viel Rad fahren, er war Bürgermeister für Gesundheit und Soziales, er rannte mit seinem braunen Trainingsanzug voraus, auf der Brust das goldene Sportabzeichen, er roch nach Schweiß und Zwiebeln, denn er streute Zwiebeln auf alles, wahrscheinlich eine Angewohnheit aus seiner Berliner Kindheit.

Sein Bruder Bill hatte sich später öfter für ihn geschämt, wegen seiner roten Strickjacke und der Unbedingtheit, wenn er sprach, wenn er aus jeder Unterhaltung eine Predigt machte, wenn er, wie damals, auf diesen Banker bei einem Empfang zusteuerte, um mit ihm über Werte zu reden.

In seinen Büchern unterstrich er, er lebte in ihnen, die er, wenn sie neu waren, mit Zeitungspapier einkleidete, um den Umschlag zu schonen. Aus Scheu und aus Schonung für die Schätze, die sich vor ihm ausbreiteten. Ein paar seiner Bücher hatte Waltraud, nach eingehender Beratung mit Richard, an ihn weitergeschenkt, zu Weihnachten oder zum Geburtstag, er war gespannt darauf, was es diesmal sein würde. Oft waren es seine Unterstreichungen, die ihn besonders interessierten, denn sie gaben ihm Aufschlüsse über Richard und die Abenteuer seines Denkens.

Wie blödsinnig streng er bisweilen war, wie sehr er das Geld zusammenhielt. An neue Kleidung für Waltraud war kaum zu denken, sie bestellte ihre Kleider über den Otto-Versand, wie kam sie nur mit ihm klar, sie, die Industriellentochter? Einmal hatten sie einen Ausflug in das Restaurant des Funkturms gemacht. Waltraud hatte Brote zu streichen, denn, so Richard, »die Preise dort oben sind eine Unverschämtheit«. Als sie Platz genommen hatten, packten sie ihre Brote aus. Bei der finster blickenden Kellnerin bestellte Richard dann fünf Sinalco.

Richard war völlig desinteressiert an der Welt der Äußerlichkeiten. Geradezu autistisch. Sein Mantra: Das Glück liegt innen. Ein anderes: lesen, lesen, lesen. Nun konnte er nicht mehr lesen, nun zehrte er von all den Vorräten, die er im Laufe seines Lebens angelegt hatte.

Er liebte ihn, vielleicht weil er ihm so ähnlich war. Früher war auch Richard jähzornig und fuhr schnell aus der Haut, aber nun war er milde geworden, er hatte sich in die Kontemplation zurückgezogen und schaute dem Lebenstreiben vom Seitenaus zu. Merkwürdiger Heiliger. Er schien alles zu verstehen und nichts mehr wirklich ernst zu nehmen. Außer seinem Glauben.

Auch er war seinen politischen Feinden ins Messer gerannt durch sein aufschäumendes Temperament, doch er hatte gelernt. In den letzten Jahren seines Berufslebens hatte er demütig und hilfsbereit einen Job in der Universitätsverwaltung angenommen und ihn mit aller Hingabe ausgefüllt. Er beriet Studierende, und er beriet sie nicht nur über ihre Berufswahl, sondern über ihr Leben. Er nahm sich Zeit für jeden Einzelnen. Noch Jahre später, er war längst im Ruhestand, besuchten sie ihn, als Chefärzte oder Unternehmer oder Schriftsteller, und erzählten ihm ihre Lebensverläufe. Und Richard lächelte.

Der Monitor dunkelte ab, und langsam zog ein Gesicht seine Bahn über die Fläche. Es gehörte Rita, in ihrem roten Kleid mit den weißen Punkten, aufgenommen beim letzten Urlaub in Ägypten. Braune Augen, nasse Ringellocken und dieses lebenssprühende Lächeln. Sein Magen krampfte sich zusammen, so sehr vermisste er sie.

Richard, 23.12., vormittags
Der Garten Eden

Nach dem Frühstück hatte Richard den Tisch abge-
räumt, Stück um Stück, langsam, während Waltraud
sich anzog. Dann wartete er mit umgebundener Schürze
und Geschirrtuch neben dem Spülbecken, er wartete
auf sie, um zu assistieren, um abzutrocknen, ein Soldat
im Einsatz, zum Appell, die Schürze bedruckt mit großen Tomaten und Sellerie, bereit für alles, was Waltraud
ihm zureichte. Heute Morgen: ungeduldig.

Er war bereit für den Abwasch, für den Krieg, für alle
Wunder und Offenbarungen, die dieser Tag für ihn
bringen sollte. Zwei Teller, zwei Unterteller, zwei Tassen, das war nicht mehr viel. Kleine Küche. Hatten nur
zwei Leute Platz. Es gab Zeiten, da dauerte der Abwasch
eine halbe Stunde, mit dem Schrubben der Töpfe und
Stapeln von Geschirr, und mindestens drei Kinder waren beteiligt, Gelächter und Streit, die Küche war groß,
das Leben lang und für die Kinder unendlich.

Alles wurde weniger im Alter, alles zog sich zusammen, auch Waltraud schien zu schrumpfen. Er nahm ab
an Gewicht, aber nicht an Größe, während Waltraud

erdschwer in die Tiefe ging und in die Breite, Frauen-
schicksal. Doch gleichzeitig, so sah es Richard, wuchsen
sie beide dem Himmel entgegen. Sie beide hier in der
Küche. Voller Rührung betrachtete er ihren Scheitel,
ihre sorgfältig gelegte weiße Lockenfrisur, ihr Kaufhaus-
kleid mit dem Kettenaufdruck, ihr breites, leicht er-
rötetes Gesicht. Draußen schneite es lautlos.

»Was ist?«

»Du wirst es erleben, Waltraud, du wirst sehen.«

Waltraud trat ein Stück zurück und musterte ihn
erneut. »Und wenn sie da sind, Richard, du weißt, wie
schwer es Roman hat, halte ihm keine Vorträge, auch
Philipp nicht, ja, versprichst du mir das, Richard?«

Richard nickte. Seine »Vorträge« waren doch das
Wichtigste, das seine Kinder von Weihnachten mitnehmen konnten, immer, davon war er überzeugt. Seine
»Vorträge«, die Lieder, die Weihnachtsgeschichte. Aber
möglicherweise könnte er sich dieses Weihnachten tatsächlich die Predigten sparen. Denn natürlich waren
seine Vorträge nichts anderes als Predigten, aber gute,
anspruchsvolle. Nein, vielleicht wären dieses Weihnachten ohnehin alle Worte überflüssig. Sie würden sehen, dieses Weihnachten. Würden das Geheimnis er-
blicken, mit den eigenen Augen.

Später saßen sie zusammen im Wohnzimmer vor
ihrem Weihnachtsbaum.

»Früher war mehr Lametta«, sagte Richard und lachte
vergnügt, weil er sich dabei an den Sketch von Loriot er-

innerte, der die Gesellschaft genauso wenig ernst nahm, aber er war höflich dabei, er wusste, wie wichtig Rituale waren und wie man an ihnen festzuhalten hatte.

Wie in der Kirche. Auch da: Früher war mehr Lametta.

»Früher waren die Kinder«, sagte Waltraud. »Weißt du noch, in Fiß? Du bist nur gelaufen, immer gelaufen in deinem Wintermantel, Skifahren hat dich nie interessiert. Aber die Kinder. Du hättest ihnen doch öfter mal den Lift spendieren können.«

»Hat sie stark gemacht.« Richard schmunzelte vor sich hin. »Zwischendurch einmal hochtragen die Bretter, dann erlebt man mehr, mehr von der Natur, von der eigenen besonders.«

»Roman hat es Nick erzählt, der konnte es nicht glauben«, sagte Waltraud. »Ach, Roman hat angerufen, er sitzt noch über einer Geschichte, er kommt am Nachmittag, wenn er's schafft, vielleicht erst morgen, ich soll dich grüßen.«

Waltraud schaute Richard an. »Er wollte wissen, was er dir denn schenken soll.«

»Und, was soll er? Du hast ihm hoffentlich gesagt, dass man einem, der 85 wird, nichts mehr schenkt.« Richard lachte. »Ich brauche nichts mehr, weiß Gott, gar nichts mehr, ich habe alles, alles, was ich mir je erträumt habe. Er hat mir alles geschenkt.«

Er schaute Waltraud lange an, und seine Augen füllten sich tatsächlich mit Tränen. Taten sie öfter in letzter

Zeit. Waltraud schimpfte ihn bisweilen deswegen aus, besonders wenn er ihr seine Liebeserklärungen machte. Manchmal nannte er sie eine »Heilige«. »Du wirst senil«, sagte sie dann, aber sie freute sich und war gerührt.

»Ich schreib dir jetzt den Zettel, Richard … Wie fühlst du dich? Pass auf draußen, es wird glatt sein mit dem Schnee. Eigentlich ist er ja schön, der Schnee. Wie früher. Früher war es Weihnachten viel öfter weiß, kommt dir das nicht auch so vor?«

Waltraud stand auf und schritt zur gelben Geschirrtruhe aus Kiefer, die ihr Gewicht ganz im Stil der 50er Jahre auf dünnen, seitwärts gespreizten Beinchen aufzuheben suchte. Auf der Truhe lag ein Brokatdeckchen, das den Zweck hatte, der Zweckmäßigkeit der Kommode entgegenzuwirken. Alle in diesem Zimmer im Laufe der Jahre ausgestellten Möbel oder Bilder oder Mitbringsel kämpften ihre verschiedenen Stile miteinander aus.

Auf dem Brokatdeckchen lag ein Kästchen mit marokkanischen Intarsien, dem Waltraud einen gelben Zettel entnahm. Dann griff sie zu einem Kugelschreiber (Hamburger Sparkasse) und notierte in ihrer schmucken, über die Jahrzehnte unveränderten Schönschrift die Einkäufe.

»Die Gans wird schwer sein«, sagte sie und schaute Richard zweifelnd an, »meinst du, du schaffst das?«

»Aber Waltraud«, sagte Richard.

Kurz darauf steckte ihm Waltraud in der Garderobe

zärtlich den Schal im Wintermantel fest, und dann trat Richard wieder auf die Straße, und die Welt hatte sich verändert.

Sie war still geworden und blendend hell. Blauer Himmel. Kobaltblau. Schmerzhaft blau. Unwirklich. Ein Stich ins Violette. Ein Blau, wie man es nur auf LSD-Trips sieht, oder in Visionen, die moderne Kirchenkünstler, die LSD einwerfen, auf ihre Pfingstbilder malen.

Die Straßen waren noch nicht geräumt. Unter einem Baum, der mit seinen weißen Ästen plötzlich wie ein gemütlicher Bühnen-Musical-Baum wirkte, versuchte ein Tortenviertelbewohner seine Tortenviertellimousine – unter dem resignierten Schlappschlapp des Scheibenwischers – aus einer Parklücke zu manövrieren. Unfassbar, dieser Wintereinbruch. Baum, Mann und Scheibenwischer dachten das Gleiche: Unfassbar, dieser Wintereinbruch.

Richard nickte. Er stimmte allem zu an diesem Morgen. Seine Sorge galt nun den Menschen auf dem Markt. Er musste sie warnen, er musste sie retten, er musste ihnen klarmachen, dass das Ende nahe ist, ohne sie zu verschrecken. Denn es war ja so, dass nun die Herrlichkeit endlich beginnen würde. Natürlich, der Gerichtstag! Aber gab es nicht die Hoffnung auf die »Apokatastasis«, die Allversöhnung durch einen guten Gott? Urs von Balthasar schrieb darüber, überzeugend, wie Richard fand.

91

Er lenkte seine Schritte hin zum Park, dann nach links, er schritt an ahnungslosen stolzen Villen vorbei, den dreistöckigen Stadtvillen im Empire-Stil, den fünfstöckigen Gründerzeithäusern mit ihren schmuck gedrechselten Balkongittern, hinter deren Scheiben jetzt Lichter brannten, wie sicher und solide und auf alle Ewigkeit gegen alle Katastrophen geschützt sie lebten. In einem Vorgarten beschäftigte sich ein kleines Mädchen damit, ihrem Kaninchen den Schnee zu zeigen. Da, Schnee!

Wie schön und friedlich alles war, wie jungfräulich, die Welt hielt den Atem an.

Auf dem Markt herrschte fröhliches Geschiebe. Aus den Transistorradios an den Buden kamen Adventslieder, gerade war er 100 geworden, der Markt, man hatte das Jubiläum mit Musik gefeiert, hier unter dem Viadukt der ersten U-Bahn-Strecke Hamburgs, schwere, grünbemalte Eisenträger, dazwischen die Wohnwagen mit den Auslagen der Obst- und Fleischhändler.

Scherenschleifer Peter Wilmots stand hinter seinen Besteckkästen an der rotierenden Scheibe. Wettergegerbtes Gesicht, blaue Augen unter der Krempe seines Lederhutes, der ihm Verwegenheit verlieh, er schaute nur kurz auf, als er Richard bemerkte, und wandte sich dann wieder konzentriert seiner Arbeit zu.

»Hallo, Richard«, rief er nach unten aufs Pflaster.

»Frohes Fest, Herr Wilmots«, sagte Richard. »Der Herrgott kommt.«

»Ich weiß, Richard«, brüllte der Mann mit der Lederschürze, »ich weiß.«

Am Käsestand gegenüber flachste der Südfranzose Luis mit einer zarten, vornehmen Dame mit Rollator, die in ihrem bunten Hermès-Schal fast ertrank. »Hier, probier mal den hier, Mareike, meine Süße«, sagte Luis und reichte eine Scheibe roten durchgereiften Gouda über die Theke.

»Och, hör auf, ich bin doch nicht deine Süße.« Mareike lachte, verschämt wie eine Tanzstundendebütantin.

»Wann heiraten wir denn, Mareike?«

»Och, du weißt doch, dass ich schon verheiratet bin.«

»Aber der ist doch schon lange tot.« Luis legte dramatischen Ernst in sein Gesicht. »Überleg's dir gut, Mareike, ich bin eine gute Partie.«

»Das ist er sicher«, mischte sich Richard ein. Er lächelte von hoch oben auf die zarte Mareike hinab. »Aber es gibt Einen, der ist eine noch bessere Partie.«

»Och, Richard, du meinst doch nur wieder deinen Jesus.«

»Er ist mein Jesus und Ihrer und auch der von Luis, er gehört uns allen.« Und dann setzte er rätselvoll hinzu: »Bald brauchen Sie Ihren Rolli nicht mehr, Mareike.« Sie schaute ihn verwundert an. Dann wünschte sie ihm ein schönes Fest.

Richard spazierte zwischen den Buden wie ein freundlicher Marabu, beugte sich hierhin, nickte dorthin, alle hier kannten ihn, seit Jahren kam er hierher, dienstags und freitags, und er sprach mit den Menschen, ja, er sprach sie an, gleichzeitig schüchtern und hartnäckig, zögernd, aber wissbegierig, er interessierte sich für sie, und manche kamen tatsächlich zu ihm, um ihm ihr Herz auszuschütten.

Und Richard staunte immer wieder über das immense Unglück im Tortenviertel und im angrenzenden Schwanengebiet an der Alster. Dort hatten sie zu tun mit den Drogenproblemen der Kinder, mit Scheidungen und ihren Krankheiten, mit Einsamkeit und Verzweiflung, Richard war für viele zum Beichtvater geworden, wo doch die meisten seiner Gesprächspartner gar nicht wussten, was Beichte ist, sie hätten entrüstet von sich gewiesen, religiös zu sein, die meisten hatten seit Jahrzehnten keine Kirche von innen gesehen. Aber sie vertrauten sich Richard an und hörten zu, wenn er erzählte.

Bisweilen flocht er eine Weisheit ein, die er aus seinen Büchern hatte. Dann baute er sich vor Frau Dr. Theis auf, einer alleinstehenden Versicherungsangestellten, und schaute über sie hinweg und verkündete: »Martin Buber hat mal gesagt: ›Jeder Morgen ist eine neue Berufung‹«, und sie sah an ihm auf und nickte, obwohl sie sich nicht sicher war, was es genau bedeutete, aber sie fühlte sich frischer danach, und natürlich wusste sie nicht, wer Martin Buber war und dass er in Richards Bücherschrank links im obersten Fach stand, der mit dem gütigen Patriarchenbart auf dem Rückumschlag, dieser Brückenbauer und Gesprächskünstler und chassidische Geschichtenerzähler.

Am Fischstand, beim Brutzeln der Heilbuttsteaks, berichtete er von seinen Reisen nach Russland zu Sowjetzeiten, das war sein großes Abenteuer gewesen, als er Bibeln im Kofferraum dorthin schmuggelte, und einmal hatte er vor der Lubjanka einen »dieser uniformierten Ganoven« nach dem Weg gefragt, »ick kann Ihnen saren«, wenn er sich heldenhaft oder gewitzt fühlte, konnte es sein, dass Richard berlinerte, und die Obstfrauen wussten natürlich nicht, dass die Lubjanka das berüchtigte Foltergefängnis der Geheimpolizei war, aber sie ahnten dergleichen und reichten ihm schaudernd eine besonders schöne Birne zu.

Immer wieder neu war Richard überwältigt vom Reichtum an Nahrungs- und Genussmitteln, der sich in überquellenden Kisten und üppig hochgetürmten Hügeln darbot, nicht nur die tropischen Früchte – und die mitten im Winter –, nein, auch die meterlangen Fischauslagen, die Theken mit Wild und Geflügel, hier zeigte der Schöpfer, was er hatte.

Und die Paradiesbewohner? Sie sündigten. Wie schade, dachte Richard, sie hätten es so schön haben können.

Hunderte von Käsespezialitäten in ihren Bastkörben, wer sollte das essen? Einer kannte sich da aus, Yannis Zschokke hieß er, ein ehemaliger Nachrichtenmann aus dem Fernsehen, genauso lang wie Richard, aber jünger, elastischer, erfolgsverwöhnter. Manchmal stand er hier. Er war so was wie ein Käseleutnant, man hatte ihm in Frankreich einen berühmten Käseorden verliehen. Alle hier grüßten ihn respektvoll-vertraulich, weil sie ihn aus dem Fernsehen kannten. Aber das hinderte sie nicht daran, hinter seinem Rücken zu tuscheln.

Er war mit einer dreißig Jahre Jüngeren zusammen, einer munteren Blondine, taffe Geschäftsfrau, hübsch, die »sich jetzt Zwillinge hatte machen lassen, absolute Wunschkinder, ja regelrechte Designerbabys, und er wird ja nun siebzig«, und spätestens hier begannen sie zu grinsen, »und der darf jetzt den Babysitter spielen«, weil sie, das hatte sie allen verfügbaren Boulevardblättern klargemacht, überhaupt nicht daran denke, zu Hause zu bleiben.

Richard beteiligte sich nicht an so was. Vielleicht dass er sagte: »Mit jedem Menschen ist etwas Neues in die Welt gesetzt, etwas Einzigartiges, das es noch nicht gegeben hat«, und selbstverständlich war auch das von Martin Buber.

Oft sprach er über Bücher. »Was lesen Sie?«, fragte er dann, das war sein Königsweg in ein Gespräch. Und dann gab er Tipps und erzählte von eigenen Lektüreerlebnissen, und manch einer erstand dann tatsächlich die »Konfessionen« von Augustinus oder einen Solshenizyn-Roman oder eine Monografie über Pascal und berichtete ihm davon, wenn sie sich wieder trafen.

Wie an einem unsichtbaren Faden gezogen, liefen all

diese Gespräche in allen Umwegen und Verästelungen dann doch immer auf die eine Frage zu: »Was machst du mit deinem Leben?« Man mochte es kaum vermuten, aber die Marktbesucher und die Budenbetreiber waren ansprechbarer auf diese letzten Fragen, als man meint, denn es waren Fragen, die – wie Gottfried Benn einmal resignativ dichtete – »kein Besinnlicher mehr fragte«.

An einem Kerzenstand betrachtete Richard in lächelnder Verwunderung die Auslage von Hunderten verschiedenfarbiger Kerzen. Auf der Länge eines Tapeziertisches wurden dort von diesen 20 Zentimeter langen Wachsrollen alle Farben des Regenbogens dargeboten, wer braucht so viele Kerzenfarben, allein der Übergang von Grün zu Blau benötigte 15 Zwischenstufen, kein Mensch wüsste diese Farbschattierungen zu benennen.

Richard dachte an seinen allerersten Tuschekasten zurück, früher, der hatte acht Fächer, und das exotischste war »Umbra«, er hatte nie Verwendung dafür gefunden, bis er eines Tages seinen Pinsel genässt hatte und die Härchen über die spiegelblanke Umbra-Fläche gezogen hatte und eine Phantasiefrucht geschaffen hatte, die Umbra-Beere, und er hatte sie erschaffen, und er war sich vorgekommen wie der liebe Gott.

Wie aufregend es war, damals am Weihnachtsabend im dunklen Korridor von Vaters Werkstatt zu warten, der Baum stand im Wohnzimmer, geschmückt mit ein paar Kerzen, und jeder bekam eine Tüte mit Nüssen, und er hatte sich, als Ältester, ein Grammophon gewünscht, für alle, und die Platte des »Zarewitsch«.

An seinem Brückenpfeiler stand Pepe mit der geborstenen roten Säufernase und bot seine Reagenzgläser mit Nelken und Vanille und anderen Gewürzen feil, von denen er behauptete, sie seien aus Tahiti oder La Réunion, »neue Ernte«, und die er für horrende Preise an Touristen oder Scheidungsmillionärinnen mit Platinschmuck verkaufte.

Richard wollte Nelken, Pepe schenkte ihm eine Röhre. »Woher«, fragte Richard mit freundlichem Spott, »aus Südceylon oder aus Lidl?« Pepe grinste. »Frohes Fest, Richard.«

Die ganze Welt lag ausgebreitet hier, auf dem Markt, Käse aus Frankreich, Steaks aus Argentinien, pflaumenblaue Passionsfrüchte aus Ecuador und rotflammende Drachenfrüchte aus Vietnam. Gottes herrlicher Garten im Tortenviertel.

Und Gänse aus Polen. Eine davon hatte Waltraud vorbestellt, und diese wuchtete ihm der Schlachter Becker über den Glastresen zu.

»Richard, passen Sie auf, sagen Sie Ihrer wundervollen Gattin, dass ich die Innereien nicht hinten verstaut habe, sondern oben im Hals, da sind sie leichter zu entnehmen.« Richard nickte.

»Sind Sie morgen mit Ihrer Familie zusammen, Herr Becker?«, fragte er, denn er wusste, dass Becker gerade eine Scheidung hinter sich gebracht hatte und jetzt allein lebte. Becker nickte strahlend. »Das ist gut, bleiben Sie zusammen, alle, und haben Sie keine Angst.« Becker schaute verdutzt auf.

Am Espressowohnwagen »Bella Italia«, der mit seinen Rom-Postkarten und Kürbisflaschen dekoriert war wie eine Puffidee von Italien, setzte Richard die Gans auf einem niedrigen Stuhl ab. Er bestellte einen Kaffee, allerdings nur, um mit Kevin zu reden, der hinterm Tresen stand.

Kevin freute sich, Richard zu sehen. Er berichtete, dass er mit zwei anderen Freunden aus seiner Band einen weiteren Stand aufgezogen habe, ein paar hundert Meter weiter unten, und dass sie am kommenden Wochenende im Grünspecht spielen würden.

»Wir machen guten Groove, Richard, willst du nicht vorbeikommen?«

Richard schmunzelte. Er mochte es, von Kevin auf den Arm genommen zu werden. »Könnt ihr Sachen aus dem ›Zarewitsch‹ spielen?«

»Dem ›Zarewitsch‹?« Kevin prustete los. »Das ist echt eine Anregung, Richard, echt eine Anregung.«

Im Transistorradio in der Bude liefen die Nachrichten. In Namibia war eine riesige Metallkugel vom Himmel gefallen und hatte einen beträchtlichen Krater geschlagen, in der Omusati-Region, 750 Kilometer nördlich von Windhuk. Mitten in eine Schafsherde.

»Scheiße, das Zeug aus dem All fliegt uns um die Ohren, Richard. So stellt man sich den Weltuntergang vor, oder? Apokalypse und so. Überall prasselt es aus dem Himmel. Und Los Angeles rutscht ins Meer, und John Cusack rettet seine verdammte Familie, von der er ja eigentlich getrennt ist, in dieses Superraumschiff.« Richard nickte verständnislos.

An dieser Stelle sind wir natürlich genauso perplex wie Richard, der den Film »2012« noch nicht einmal gesehen hat. Wir hier oben haben uns darüber schiefgelacht.

Kevin betreute Senioren, einige Alzheimerpatienten darunter, dünne alte freundliche Männer, die er behutsam umsorgte, während es immer wieder vorkam, dass andere, hauptamtliche Pfleger sie quälten, sie hungern ließen, sie schlugen, immer wieder stand so was in den Zeitungen, es konnte durchaus die Hölle sein, mittellos alt zu werden in staatlichen Anstalten. Kevin besorgte seinen Kunden Medikamente und fuhr für sie einkaufen, brachte sie ins Krankenhaus, wenn Bedarf war. Kevin absolvierte sein soziales Jahr.

»Was schleppst du denn da mit dir herum, Kanonenkugeln?« Richard lachte.

»Und wenn es passieren würde?«, fragte Richard. »Also das Ende der Welt. Aber nicht als Katastrophe, sondern als unvorstellbares Glück?«

Sein Gesicht leuchtete.

»Richard?« Kevin musterte ihn misstrauisch. »Geht es dir gut?«

»Könnte nicht besser gehen, Kevin!«, sagte Richard.
»Bist du bei deiner Familie morgen Abend?«

»Ja, und Laura wird auch dabei sein.«

»Das ist gut«, sagte Richard, »das ist gut ... Du wirst sehen, alle werden sehen.«

Richard besorgte den Rest der Sachen, die Waltraud ihm notiert hatte auf dem gelben Zettel, den er in seiner Manteltasche umklammert hielt. Auf dem Weg nach Hause musste er wieder an diesen anderen Zettel denken, den berühmten Zettel, den sich Pascal nach seiner Vision in das Mantelfutter hatte nähen lassen. So dicht lag heute Morgen das Profane neben dem Heiligen!

Man fand dieses »Mémorial« erst nach Pascals Tode. Der Mathematiker mit seiner Allongeperücke. Er hatte die Pariser Verkehrsbetriebe perfekt organisiert und Gottesbeweise niedergeschrieben, heute wäre das eine so unmöglich wie das andere. Heute, dachte Richard, haben die meisten Züge Verspätung.

Pascal hatte auf seinem Zettel minutiös das mystische Erlebnis festgehalten, das er am Montag, dem 23. November 1654, gemacht hatte. Noch im Zustand der nachklingenden Erregung hatte er es auf einem Stück Pergament notiert.

Richard kannte den Wortlaut auswendig: »Von ungefähr zehneinhalb Uhr am Abend bis ungefähr eine halbe Stunde nach Mitternacht, ›Feuer. Gott Abrahams, Gott Isaaks, Gott Jakobs‹ nicht der Philosophen und

Gelehrten.« Und dann die ekstatischen Worte: »Gewissheit, Gewissheit. Empfindung. Freude. Friede. Gott Jesu Christi.«

Was würden sie auf seinem Zettel finden? »Nelken, Kastanien, Beifuß, Rosmarin, die Gans!«?

Kurz darauf betrat er die Wohnung. Waltraud nahm ihm die Plastiktüte mit der Gans ab und bewunderte ihn für seine Stärke und sein Heldentum, bei diesen arktischen Temperaturen für die Familie das Nötigste an rohem Fleisch und sonstiger Nahrung erbeutet und nach Hause geschleppt zu haben. Richard lächelte.

»Ach, stell dir vor«, sagte Waltraud, »Nick hat angerufen, er sagte, er kommt vielleicht heute schon.«

»Nick!«, rief Richard hocherfreut, und nach einer kleinen Pause: »Wieso Nick, der ist doch bei Rita über die Feiertage?«

»Das dachte ich auch. Er wollte wissen, ob es uns recht wäre, wenn er zu uns käme ... er klang ein bisschen aufgeregt.«

»Du hast ihm doch hoffentlich gesagt, dass es uns recht ist.«

»Aber sicher, Richard. Doch dann war plötzlich die Leitung weg.«

Nick, 23.12., nachmittags
On the road

Nick stand an der Landstraße, die still unter einer roten Sonne lag. Ein 14-jähriger Schlaks in einem schwarzen T-Shirt mit dem Aufdruck »Beijing Opera« und bunten Masken. Drüber die rote College-Jacke, die »66« war in riesigen Ziffern hinten draufgeklebt. Im Moment hatte Nummer 66 definitiv keinen Spielplan, sondern sah verloren aus.

Kaum Verkehr. Gegenüber sah er eine Siedlung aus Einfamilienhäuschen, die alle gleich aussahen. Wahrscheinlich hatten sie auch die gleichen Familien, dachte Nick, das wäre praktisch, man könnte mal hier und mal da wohnen, würde wahrscheinlich keinem auffallen, vielleicht waren ja alle zufriedenen Familien gleich, das hatte mal einer geschrieben, sie hörten die gleiche Musik, sahen die gleichen TV-Sendungen, spielten die gleichen Computerspiele.

Er hielt eine Weile den Daumen raus. Kaum Verkehr, keiner stoppte. Im Übrigen wusste er nicht, in welche Richtung es nach Hamburg ging. Der Himmel war rot, und in den Sonnenstrahlen leuchteten die

Häuser auf wie die bunten Fischerhäuser, die er einst an der Magellanstraße in Patagonien gesehen hatte, an diesem schwarzen Meer am Ende der Welt. War ein schöner Urlaub, denn Roman und Mama verstanden sich.

In der Ferne tauchte ein Punkt auf, auf seiner Straßenseite. Der Punkt wurde allmählich größer, er konnte eine Figur erkennen auf einem Fahrrad. Näher, jetzt sah er die eingemummte Gestalt deutlicher, grüner Parka, auf dem Rücksitz ein blauer Müllsack, lange Haare quollen unter der Strickmütze hervor, ein Bart, aber für einen alten Mann saß der hier ziemlich athletisch auf dem Sattel. Er hielt an.

»Hallo«, sagte er. Eine junge Stimme.

»Hallo«, sagte Nick. Tatsächlich, er sah, dass der Radfahrer jung war, so um die 25. Strahlend blaue Augen hatte er. Aber mit dem Bart und dem Sack auf dem Rücksitz sah er aus wie ein Penner. Wie der andere letzte Erdbewohner. Jetzt waren sie schon zwei Außenseiter an der Landstraße.

»Wo willst du denn hin?«

»Weiß nicht«, sagte Nick. »Nach Hamburg.«

»Ich bin Max«, sagte der Penner. »Cooles T-Shirt.«

»Ich heiße Nick.«

»Du stehst hier falsch«, sagte Max. »Ich zeig dir, wo, komm mit.« Sie liefen nebeneinanderher.

»Was ist in dem Sack?«

»Da ist meine Wohnung drin«, sagte Max. »Eine

Matte, Handtuch, Sachen zum Waschen. Ich lebe unterwegs.«

Offenbar schlief er mal hier und mal da, und in der Nacht zuvor, so erzählte der Bärtige, hatte er im Eingang eines Autohauses geschlafen. Auf dem Dach war ein Weihnachtsbaum angebracht, drinnen schimmerten die neuen Opel Corsas und Golfs wie Präsente, die auf brave Kinder warteten oder brave Kunden, und draußen schlief Max. So hatte er seinen eigenen Weihnachtsbaum. War lustig. Eigentlich hatte er vor, bei der Arbeiterwohlfahrt unterzukommen, aber da hätte er das Zimmer mit zwei anderen teilen müssen, und das gehe nun mal leider nicht, wegen seiner »Pathophobie«.

»Was ist denn das?«

»Ich hab es denen ganz freundlich erklärt, dass das nicht gegen sie gerichtet sei, ich wollte sie nicht kränken. Sie haben Verständnis gehabt.«

Was für ein höflicher Penner. Tatsächlich sah er nicht aus wie ein Penner, sondern eher wie ein russischer Priester. Nicht wie einer, der draußen schlief, die Hände waren sauber, das Gesicht gewaschen, es sah regelrecht rosig aus, Babybäckchen über dem Bart. Er war kleiner als Nick, aber stämmiger. Seine blauen Augen strahlten.

Er sprach über seine Pathophobie mit einem wunderlichen Alleinstellungsstolz. Als Pathophober konnte man nicht arbeiten, oder nur halb oder nur ausgesuchte Sachen, so viel kriegte Nick mit. Max erklärte, er sei eine

Art Privatgelehrter, er untersuche, was die Welt tatsächlich zusammenhalte. In diese Welttheorie hatte er die vergangenen 15 Jahre investiert. Alles, das hatte er rausgefunden, bestand aus 28 Kategorien. Aus 14 sichtbaren und 14 unsichtbaren. Aus Linien oder Kurven oder Hüllen, zum Beispiel. In einem früheren Leben hatte er mal Reisekaufmann gelernt. Tourismus und so.

»Da drüben.« Er zeigte auf den Schrottplatz, der hundert Meter weiter auftauchte. »Linien und Kurven und Hüllen, Hülle ist eine wichtige Kategorie, Atome zum Beispiel sind Hüllen, allerdings weiß ich noch nicht, ob sie zu den sichtbaren oder unsichtbaren Kategorien gehören.« Es blieben immer noch Fragen offen, das meiste aber sei geklärt für ihn.

Rostige Rohre lagen da hinter einem Maschenzaun, ineinander verschlungen wie die Schlangen Laokoons, Motorblöcke, Karossen, Waschbecken, Kühlschränke, Herde, alles irgendwann mal verfertigt aus Stoffen, die aus der Erde gekratzt wurden und geschmolzen und gegossen und verfertigt und verkauft und verbraucht und verschrottet, bis sie hier landeten. Kurven, Linien, Hüllen, dachte Nick. Warum nicht.

Nick erfuhr, dass Max schon seit einigen Wochen unterwegs sei. Er wolle jetzt ernsthaft eine Wohnung suchen, für seine Aufzeichnungen, und in München könne er sich keine leisten. Im Übrigen nehme ihn keiner, wegen des Bartes. Doch er brauche Platz für seine Unterlagen, die er in einem Container gelagert hatte.

Papiere und Videokassetten, Tausende davon. Und seine Videodokumentation. Ja, Max dokumentierte sich selber und sein Leben.

Er zog eine Kamera aus einer der vielen Taschen seiner Khaki-Hose. »Darf ich dich aufnehmen?«

»Kein Problem«, sagte Nick. »Wieso nimmst du dir nicht den Bart ab, wenn er dir so viel Ärger einbringt?«

»Das geht nicht«, sagte Max und schüttelte nachsichtig den Kopf, als läge die Sache auf der Hand. »Das geht nicht, wegen dieser Versuchsanordnung, ich hab mir das genau überlegt.«

Nein, der Bart falle erst, wenn die Untersuchung wirklich abgeschlossen sei, erklärte Max. Er arbeite ständig daran. In einer seiner seitlichen Hosentaschen sah Nick einen dicken Stenoblock, er quoll förmlich aus der Tasche, die Seiten eng bekrakelt.

»Sie ist eigentlich so gut wie fertig, ich muss erst die Papiere noch sortieren. Und dann muss es gedruckt werden. Ich schätze, es läuft auf rund 30 000 Seiten hinaus.«

»Darf ich das mal sehen?«, fragte Nick.

Max zog den Block aus der Tasche.

»Was ist das hier?« Nick deutete auf eine hastig hingekritzelte Formel.

»Das sind die Berechnungen für größere Naturkatastrophen wie Erdbeben, Vulkanausbrüche, Sonnenstürme ... Die kommen weit häufiger vor, als man denkt, ein Sonnensturm etwa alle 80 Jahre«, sagte Max leichthin. »Das fällt dann unter die Kategorie: Ereignisse. Also teils sichtbare, teils unsichtbare Hauptgruppe. Beim letzten Sonnensturm vor ein paar hundert Jahren in England sind die Schlangen aus der Erde gesprungen, und der Nachthimmel leuchtete. Das sahen alle.«

Ach ja, dann war da noch dieses andere wichtige Ziel, das Max anpeilte. Die Versöhnung mit der Mutter, und zwar genau an dem Ort, an dem sie ihn verlassen hatte vor 15 Jahren, zurückgelassen mit der älteren Schwester, um mit einem Mann fortzugehen. Genau in diesem Heim in Gießen wolle er sie treffen. Oben auf dem Hügel. Gelb war es, er hat es noch genau vor Augen. Dort soll sie wieder zur selben Tür hereinkommen, aus der sie damals entschwunden ist. Und dann würde er sie umarmen und sie ihn, und sie seien sich wieder gut und die Irrfahrten seither gelöscht. Dann sei sein Leben wieder eine Gerade, ausgebügelt und perfekt.

Und wenn das abgehakt sei, könne er auch die Arbeiten an seinem Projekt beschließen. Wenn der letzte Punkt dort gesetzt sei – es gibt nur noch wenige offene Stellen –, dann kann der Bart ab, das ist der Schwur.

Also, die Kausalkette heißt: Versöhnung, Wohnung, Arbeit, Rasur. Aber sie muss eingehalten werden.

Auf dem Innenkarton des Blocks hatte Max die Punkte untereinander geschrieben. Keiner war abgehakt.

»Das kann lange dauern«, sagte Nick.

»Ich muss Geduld haben«, bestätigte Max.

Weiter hinten tauchten die blauen Quadrate einer Aral-Tankstelle auf. Der Himmel war immer noch rot. Der Wind blies nun stärker, es wurde ungemütlich. Nick sehnte sich nach einem heißen Kakao.

Bill, 23. 12., nachmittags
Die Hölle nach Bosch

»Die Wahrscheinlichkeit, dass er über Deutschland abstürzt, ist nicht sehr groß«, sagte der Experte im Info-Radio.

»Nicht sehr groß, was wissen die schon«, sagte Bill sarkastisch am Steuer seines Audi-Vans.

»Langsam können wir Wetten abschließen, ob er hier runterkommt oder vielleicht doch eher in unserm Naturpool in Kitzbühel.«

Den ganzen Tag schon beschäftigten sich die Sender mit dem möglichen Absturz dieses chinesischen Raummoduls »Tiangong 1«, das erst vor wenigen Wochen mit dem größten Propagandagetöse ins All befördert worden war. Zunächst hatte man einen Kometenschweif vermutet. Man sprach schon vom Weihnachtsstern. Doch nun hatte das Ding einen Namen: Tiangong.

»Fahr langsam, Bill, hier ist 60.« Karin war genervt. Sie strich eine ihrer langen blonden Strähnen aus dem Gesicht, das blass war, nicht vornehm blass, sondern leidend blass und in diesem Moment voller Widerwillen gegen ihren Mann, der am Steuer dieses verdammten Audi-Panzers saß und rücksichtslos fuhr.

Bill, der Macher. Eigentlich hieß er Wilhelm, doch seit seinem Harvard-Aufenthalt hieß er Bill, was völlig in Ordnung war, denn sein Chef, ein Schotte, hatte gerade die Investment-Abteilung übernommen, und der war Absolvent der London School of Economics und britischer Passträger. Er sprach nur englisch. Bill bewunderte ihn. Knallharter Typ, Golf-Handicap erschwindelte 12, soviel Risikobereitschaft, wie er Sommersprossen hatte.

Bill spannte seine Kiefermuskeln an, als wolle er den kleinen hellblauen Kia vor sich mit einem Tritt über den Straßengraben befördern. Schließlich war er Bill, der seinen olivgrünen North-Face-Anorak trug und seine braunen Bergschuhe, seine Freizeitkampfuniform, ein König der Bundesstraße.

Bill, ihr Mann, aber doch eigentlich der Mann der Bank.

»Karin, *ich* fahre ... Dieser Idiot, den kratz ich mir gleich von der Windschutzscheibe.«

Er hing ihm fast auf der Stoßstange, dem Idioten. Idiot, Idiot, Idiot! Für Bill zerfiel die Welt in zwei Gruppen von Menschen. In solche, die ihm nützten, und in Idioten. Sport liebte er eigentlich nur dann, wenn er zum Wettkampf wurde, er liebte es, an die Grenzen zu gehen, beim Skifahren oder beim Bergsteigen, und er liebte es besonders, diejenigen, die ihn begleiteten, dabei fertigzumachen. Idioten. Sein jüngerer Bruder gehörte dazu.

Bill war angespannt, schon seit Wochen. Er schlief schlecht. Er hatte sich diese beiden Tage freigeschlagen, aber er wusste, dass sie nur geborgt waren, nur rausgeschält aus einer Finsternis, die wuchs und wuchs und von der nur wenige etwas ahnten, und zu den Eingeweihten gehörte Bill.

Karin gehörte nicht dazu. Sie war im achten Monat schwanger und hatte ihre eigenen Probleme, zum Beispiel, dass die Pumpe im Naturpool ihres Bauernhauses in Garmisch nicht funktionierte, dass die Dekorateure für das neue Babyzimmer schon zum zweiten Mal den falschen Blauton für die Vorhänge angeschleppt hatten und die Rahmungen ihrer neuen Bilder – interessante, düstere Selbstporträts und Stillleben mit Früchten – eine Katastrophe waren. Die Zwillinge auf dem Rücksitz wiederum hatten ihre eigenen Probleme, zu denen im Moment gehörte, dass Robert offenbar fünf Millimeter mehr an Sitzfläche belegte, als ihm zustand. Wilhelm junior wehrte sich gegen die territoriale Invasion mit Fußtritten. Beide hielten dabei die Blicke auf die Displays ihrer iPods fixiert. Über Kopfhörer hörten sie die Beatles, weil ihr Vater sie mal hörte, als er jung war. Eigentlich war ihnen egal, was sie hörten. Unten hakelten sie sich mit den Beinen.

»Jetzt hör mal auf.«

»Hör du doch auf, Pisser!«

»Kinder, hört beide auf mit dem Quatsch, sofort, sonst gibt's morgen Abend bei Opi keine Geschenke.«

Dann verschwand er wieder in seinen Grübeleien. Die Nachrichten im Radio brachten das Routineblabla, die Chefin der Eurozone verlangte einen größeren Rettungsschirm, im Nahen Osten wurde weiter geschlachtet, ein Satellit hatte sich offenbar aus seiner Umlaufbahn verabschiedet und trudelte auf die Erde zu, und nun gab es ein großes Rätselraten darüber, wo genau er einschlagen würde.

Die Finsternis. Bill wusste, dass die Eurochefin Quatsch erzählte. Dass sie Beruhigungsmittel verabreichte. Kein Rettungsschirm konnte groß genug sein, um den Zusammenbruch des Weltfinanzsystems zu verhindern.

Finsternis. Payback-Time. Die fetten Jahre sind vorbei. Chaos. Ja, Bill, der Banker, hatte Alpträume. Die sahen aus wie dieses Bild von Hieronymus Bosch, das er in einem KLM-In-Board-Magazin kürzlich gesehen hatte. Hatte sich eingeprägt, beides, die Stewardess und die Hölle!

Es handelte sich um den rechten Flügel eines Triptychons. Links die unschuldige Schöpfungsfrühe im Paradies, in der Mitte der übersprudelnde Garten der irdischen Genüsse, riesengroße fleischfarbene Schamlippenblüten, blaue Phalli, mein Gott, die Stewardess, er musste sie nach ihrer Nummer fragen, wie sie den Wagen durch den Gang der Ersten Klasse schob, der

Hintern war ein Himmelsballett, und die Beine, wie die auf dem Bild, die in den Himmel stießen, aus dem Grün wuchsen sie, dazwischen Jagdgesellschaften auf Schweinen, und wieder gespreizte Beine, Liebespaare unter gläsernen Hüllen, Wellen, Geraden und Hüllen, immer wieder Hüllen, Riesenfrüchte, Blasen, bunte Riesenvögel und allerlei Getier, Getümmel, Gelage.

Das galt bisher. Das war die Party der letzten 30 Jahre, der Karrierejahre.

Und nun werden wir alle umziehen, werden in den rechten Flügel hinüberziehen, dachte Bill am Steuer seines Audi-Panzers, der sie doch schützen müsste, wenigstens ein paar Tage noch, vielleicht ein paar Wochen, mehr sicher nicht, dann ab in die Höllennacht, die Bosch, der mittelalterliche Freak, mit brennenden Häusern ausgeleuchtet und mit gequälten Kreaturen bevölkert hatte, mit Sündern, die von Menschtieren zerfleischt wurden, diese beiden Ohren in der Bildmitte, rätselhaft, durchschossen von einem Pfeil, möglicherweise andeutend, dass sie sich Gottes Geboten verschlossen hatten, in der surrealen apokalyptischen Boschwelt bedeuten Pfeile immer Sünden, ja, tatsächlich, das war Payback-Time, das jüngste Gericht ...

Irgendwas regte sich, aus frühester Kindheit, die Beichtzettel, die Gewissenserforschungen, der liebe Gott da oben, der auch böse werden konnte und dann aussah wie Richard, rotgesichtig und wütend, mit Donnerstimme, aber er konnte auch der liebende und der verzeihende Gott sein, während die Verdammnis, die Bosch malte, ewig war ...

Natürlich übertrieb dieser Bosch, und wahrscheinlich hatte er zu viel psychedelische Pilze genossen, gab es die damals? Er würde Roman fragen, wenn er ihn jetzt sah, der kannte sich in solchen Sachen aus. Bill hatte Drogen nie angerührt. Seine Drogen hießen Macht und Einfluss.

Möglicherweise sah die Hölle wie diese Landstraße aus, die Klinkerbauten und Fußballfelder und Gehöfte in diesem grauen Dunst, die Hölle der verfehlten Leben, der Langeweile.

Vor ihm, besser, unter ihm und seinem Audi-Q7, fuhr der Kia aus dieser Langeweilerhölle und hielt sich peinlich genau an die Geschwindigkeitsbeschränkung. Karin hatte einen Arm auf ihren schwellenden Bauch gelegt, mit der Rechten hielt sie sich am Griff über dem Türrahmen fest.

»Ich weiß nicht, ob es eine gute Idee war ...«

Die beiden Jungs hakelten weiter.

»Der Alte wird 85, alle werden da sein, ich bin ihm das schuldig. Wir sind ihm das schuldig.«

Bill ließ den Motor im dritten Gang aufheulen.

»Kann der nicht mal rechts fahren, das ist auch Vorschrift, verdammt noch mal.«

Aus dem Radio kam Klassik, Bill tippte auf Brahms, aber er war kein Klassikfan. Die Musik beruhigte ihn.

Das Handy meldete sich, mit altmodischem Telefongeklingel, alle anderen Sounds fand Bill albern. »König?«

»Hier Opitz«, schnarrte es aus dem Bordlautsprecher, »sagen Sie, Herr König, was höre ich da für Gerüchte, entschuldigen Sie, Heiligabend und so, aber die Fed hat eine erneute Zinssenkung beschlossen und flutet den Markt mit billigem Geld, man hört, dass eine weitere Großbank die Grätsche macht, was ist da im Busch?«

Opitz war einer seiner wichtigsten Privatkunden. Und einer der nervösesten.

»Herr Opitz, seien Sie ganz beruhigt, da ist nichts dran, vor Weihnachten sowieso nicht, Ihr Portfolio ist in ganz trockenen Tüchern, wir reden am besten Montag noch einmal, wenn Sie jetzt entschuldigen, ich bin auf der Autobahn... Frohe Weihnachten, Herr Opitz.« Es folgte eine verärgerte Pause. Schließlich sagte der andere: »Na gut, Montag dann, ich melde mich.«

»Arschloch«, sagte Bill, nachdem er aufgelegt hatte. Opitz würde nicht der Einzige bleiben, andere würden ihr Geld abziehen, die Sache begann zu rutschen.

»Wir müssen tanken«, sagte Karin. Tatsächlich, die Nadel stand bereits auf Reserve.

»Man sollte nie dem Navi folgen«, murmelte Bill, »letztendlich kosten diese Umleitungen viel mehr Zeit.«

Bill setzte an zu einem Überholmanöver. Der Audi schoss nach vorne, Karin stöhnte, weil der Gurt sie in den Bauch schnitt. Er scherte wieder ein und trat auf die Bremse, denn er hatte plötzlich ein paar Fußgänger vor

sich, einer davon schob ein Fahrrad, auf dessen Gepäck-
träger ein blauer Plastiksack vertäut war. Der Audi
schlingerte, die beiden Jungen draußen stolperten in
den Straßengraben, der Kia hinter ihnen trudelte und
bremste ab, Bill fluchte, riss das Steuer wieder herum,
Karin schrie auf und hielt sich den Bauch.

Sie wimmerte leise. Die Jungen auf dem Rücksitz
weinten. Bill brüllte: »Diese Idioten.«

Langsam fuhr er weiter. Im Rückspiegel sah er, wie
die beiden Jungen mit dem Fahrrad wieder auftauch-
ten.

»Die scheinen okay zu sein«, sagte er kleinlaut. »Die
können doch nicht auf einer Landstraße herumlaufen,
geht doch nicht.« Er schaute zur Seite und sah das
schmerzverzerrte Gesicht, dann auf Karins Hände, die
sich auf ihren Bauch legten.

»Was ist mit dir, Kleines, Karin, o Gott ... da hinten
ist eine Tankstelle, da holen wir was.«

»Ich will Haribo«, rief Robert unter seinem Schluch-
zen hervor.

»Ich will ein Heft«, sagte Wilhelm.

Karin lächelte matt. »Es geht schon, ich muss nur mal
in den Waschraum.«

»Schatz ... es tut mir so leid.«

»Geht schon«, wiederholte sie, und ihr Ton wurde
gleich wieder kühler.

Kurz darauf schwenkte Bill in die Einfahrt zur Tankstelle und hielt vor einer Zapfsäule.

Er stieg aus und öffnete Karin die Beifahrertür. Er half ihr auszusteigen und stützte sie auf dem Weg zu den Toiletten.

Am Drehkreuz der »Tank & Rast«-Toiletten rief Bill nach der Servicefrau, die ihr die Barriere neben der Schranke öffnete. Karin bedankte sich, blass und leidend, und sofort schloss sich um die beiden Frauen ein Band des Mitfühlens und des gegenseitigen Verständnisses, und es wuchs die gemeinsame Front gegen den Mann, gegen herzlose Männer im Allgemeinen, und Bill fühlte sich draußen, weit draußen in der Kälte einsam jagender Wölfe.

Er kehrte zu seinem Auto zurück, öffnete den Tank, hängte den Stutzen ein und griff nach seinem Handy. Er scrollte die Liste und tippte auf »Richard«.

»Papa, können wir raus?«

»Meinetwegen«, sagte Bill, und während er darauf wartete, dass einer abnahm, öffnete er die Hintertür. Die Jungen liefen auf den Tankstellenshop zu, er rief ihnen hinterher: »Nichts anfassen«, und sagte dann: »Hallo, Mami, hier ist Bill.«

»Hallo, Wilhelm, mein Junge, wie geht es dir?«, und wieder einmal staunte Bill, wie in diesen paar Worten die ganze Mutterpalette durchprobiert wurde, Freude, Freundlichkeit, Güte, Sehnsucht, Liebe, und dann rotierte die Scheibe weiter zu den Sorge-Instinkten, dem Zweifel, einem drohenden Kummer, Traurigkeit, möglicherweise Verzweiflung.

»Ist alles in Ordnung, mein Junge?«

»Ja, Mami, alles in Ordnung, wir machen gerade eine kurze Rast.«

Wieso ruft er dann an? Waltrauds Witterung war untrüglich. »Wie geht es Karin, ist wirklich alles in Ordnung? Du musst jetzt sehr auf sie aufpassen, Wilhelm!« Sie war noch die Einzige, die ihn bei seinem Kindernamen nannte.

»Ja, Mami, es ist nichts, sie ist gerade auf der Toilette … Ich meine, ich glaube nicht, dass es was Schlimmes ist, sie hat wohl Schmerzen gehabt im Unterleib.«

»Um Gottes willen, Wilhelm!«

Hätte er doch nichts gesagt. Gleichzeitig wollte er herausbrüllen, dass er wie ein Idiot gefahren ist, dass er sich über die Bank Gedanken gemacht hat und über die ganze beschissene Welt und dass er dabei seine Frau gefährdet hat und das Kind und dass er sich beschissen vorkommt und dass ihm irgendwer BITTE verzeihen möchte und dass sie, seine Mutter, doch eigentlich dafür zuständig ist.

Stattdessen regte sie sich nun auf. Stattdessen musste er auch sie noch beruhigen und trösten.

»Ich glaube, es ist nichts, Mama, sie konnte gut gehen.«

Der Himmel hinter dem blauen Quadrat hatte sich blutrot gefärbt. Gelb das Licht im Shop. Er sah seine Jungen durch die Scheibe an der Zeitschriftenwand, Wilhelm zeigte Robert kichernd den Playboy, eine Plas-

tiktanne mit Kunstschnee stand vor der Essnische mit
der Espressomaschine.

»Ist Richard da?«

»Er ist noch auf dem Markt. Fahr vorsichtig, mein
Junge, die Straßen sind glatt, es hat geschneit.«

»Bei uns nicht, habt ihr Schnee? Hier ist der Himmel
rot, vielleicht gehört das auch zu Weihnachten.«

Er hörte das Klacken am Stutzen, der Tank war voll,
Bill nahm die Füllpistole und hängte sie wieder in die
Säule.

»Richard ist so aufgeregt, dass ihr alle kommt ... Bitte
vertrag dich mit Roman, ja? Wir wollen doch ein fried-
liches Weihnachtsfest haben, wie früher.«

»Wie früher? Mami, du weißt doch, früher waren
Mord und Totschlag!« Bill grinste. »Da kommt Karin ...
Ich leg jetzt wieder auf, grüß Richard, wir werden so in
drei bis vier Stunden bei euch sein.«

»Fahrt langsam.«

»Ist klar, Mami, wir werden den Abend erst einmal
ganz ruhig im Aspria-Hotel verbringen und kommen
dann morgen Vormittag vorbei.«

Karin hatte das Auto erreicht. Sie sah besser aus, ihr
Gesicht hatte wieder Farbe.

»Wie geht's dir? Wie geht's euch?«, fragte Bill und
nahm sie behutsam in den Arm.

Karin lächelte. »Fahr einfach ein wenig vorsichtiger,
ja? Wir wollen doch nicht dem Jesuskind Konkurrenz
machen.«

Bill lächelte gequält. Dann ging er hinüber zum Shop, um die Tankfüllung zu bezahlen und seinen Söhnen die Illustrierten mit den nackten Frauen aus den Händen zu winden. Die Frauen trugen nichts außer roten Nikolausmützen mit weißem Fellbesatz. Jeder der Jungen kriegte einen Kaugummi.

Kurz darauf rollten sie im Schritttempo aus dem überdachten Tankbereich, und als Bill einen Blick in den Rückspiegel warf, sah er weit hinten, in der Einfahrt, die beiden Jungen mit dem Fahrrad und der blauen Mülltüte.

Richard und Waltraud, 23.12., nachmittags Scrabble

»Der Weihnachtsbaum war klein in Fiß«, sagte Waltraud gedankenverloren, während sie vorsichtig die Seite im Fotoalbum umschlug und die Seidenpapiereinlage glättete, »in den Jahren darauf wurde er immer größer und die Probleme auch.« Richard, der neben ihr auf dem Sofa saß, beugte sich über die Seite und nickte. »Klein«, sagte er.

Waltraud hatte sich zurechtgemacht, sie trug ihre Perlenkette über dem blauen Kleid mit dem weißen Kragen, es war Kaffeezeit, die selbstgebackenen Plätzchen lagen auf einem mit Tannenzweigen bedruckten Pappteller, die nach Weihnachten wieder in den Karton mit der Beschriftung »Weihnachten etc.« wanderten, wobei sich das etc. auch auf das grüne Papiergras und die braunglasierten Keramikosterhasen und den Karton mit den bemalten Ostereiern bezog, die sie 1978 in Salzburg gekauft hatten.

Waltraud war organisiert. Sie war darüber hinaus das Zentralarchiv der Familie, ihre Landesbildstelle. In ihren sorgfältig beschrifteten Alben – »Fiß 72«, »Amsterdam 75«, »Weihnachten mit Wenigers« – lagen die Glücksmomente der Königs gepresst wie seltene Blumen, die Lichtmomente, die Sonnenkleckse des Lebens, denn das war doch der Sinn von Fotos überhaupt, jene gelungenen Seltenheiten aus dem Strom des Lebens herauszuholen und zu präparieren.

Es gab eine lückenlose fotografische Geschichte des Weihnachtsfestes, die wechselnden Garderoben, die allmählich heranwachsenden Familienmitglieder, dümmliches Kindergrinsen, halbstarke Teenagerposen, lange Haare, kurze Haare, mit Freundinnen und Schwiegertöchtern, die wechselten, bis auf diesen Fotos das Alter einsetzte, Richard gebeugter und dünner und friedlicher, sie selber – leider! – breiter, obwohl ihr ihre Söhne immer wieder versicherten, breit sei das neue Dünn, und Omas sähen so aus, und sie sei eine ganz besonders schöne Oma.

Keine Schnappschüsse, kein digitaler Bilderdurchfall, keine fotografischen Maschinengewehrsalven, sondern sorgfältige Arrangements. Naturgemäß, denn vor allem den frühen Fotos gingen umständliche Vorbereitungen voraus. Da musste die Kodak-Retina aus der braunen Lederschatulle freigeknöpft werden, dann der Belichtungsmesser konsultiert werden, nie in die volle Sonne halten, meistens hieß es dann »8/125el«, und dann wurde die Gruppe vor der Sehenswürdigkeit postiert, etwa dem Straßenschild »Schluchsee 17 Kilometer« mit den Rädern, oder die eingebuddelten Kinder, deren lachende Gesichter aus dem Nordseestrand wuchsen, oder Minigolf in Menzenschwand, alle in gleichen Pullovern, vor allem aber Kirchen, Kirchen, Kirchen.

Mit jedem Foto, das sie in die Alben klebte, kämpfte Waltraud gegen das Verschwinden an. So war also aufgehoben für alle Ewigkeit, wie Richard mit den beiden Jungs an diesem heißen Tag in Neapel das tropfende Eis aus der Tüte leckt und die Jungs Faxen machen. Leider machten sie immer Faxen. Viele Fotos wanderten so in die Kiste »Weniger schöne«. Lisa dagegen, ihr kleiner Engel, der leider so weit weg war und später überhaupt kein Engel mehr war, lächelte. Warum war sie mit diesem kolumbianischen Naturschützer und Esoteriker davongelaufen, der doch mal Germanistik studiert und diesen vernünftigen Eindruck gemacht hatte? Warum hatte sie sich plötzlich so sehr gegen die Eltern gestellt?

Die Alben zeigten nichts von diesen Tumulten. Oder allenfalls durch Auslassungen. In ihnen klebten nachträglich arrangierte Triumphmomente des Lebens, Nachempfindungen, Trophäenbilder, die man machte, nachdem das Wild erlegt war.

»Hier haben sie das Krippenspiel aufgeführt, schau mal, da lag Lisa im Korb.«

»Lisa, ja, tapferes Mädel, schönes Kind«, sagte Richard.

Lebensbelege. Erinnerungsübungen mit Richard am Rande des Verschwindens. Ein gemeinsames Spazieren durch diesen schönen Scherbenhaufen. Manchmal verlor sie selber die Orientierung in den Ozeanen der Bilder, die auf sie einströmten, täglich, stündlich, das optische Rauschen hatte zugenommen, sie beschwor die Kinder immer wieder, ihr Papierabzüge zu schicken, mit den CDs konnte sie nichts anfangen, sie hatten Tausende von Fotos in ihren Computern, die sie nie wieder anschauten, aber ein Foto, das in ein Album geklebt wurde, das war ihr Protest gegen das Verschwinden.

Sie saßen nebeneinander auf der Couch, unter der Reproduktion einer Anbetungsszene des Niederländers Dieric Bouts, Christophorus trägt den Knaben Jesus durch einen reißenden Strom, Johannes der Täufer links und in der Mitte die Krippe. Die Kinder waren klein, und sie war jung.

Ihre Locken umrahmten ein herzförmiges Gesicht mit hohen Wangenknochen, eine schöne gerade Nase, volle Lippen. Als sie mit dem kleinen Bill »Casablanca« sah, der spät im Fernsehen lief, rief er: »Mami, das bist ja du!«

Damals behaupteten alle, sie sähe der jungen Ingrid Bergman ähnlich, die weit auseinanderstehenden Augen, die Locken, das war kurz nachdem sie Richard kennengelernt hatte. Ach Richard. Du standst damals mit beiden Füßen im Himmel, und später zwischen den Studenten, du warst viel klüger als alle zusammen und weitsichtiger, wenn es um Utopien ging. Und schon damals ging es um nichts anderes.

Nie ganz von dieser Welt, aus der Zeit gefallen, schon immer. Ernst und feurig.

Hier, sie im Tenniskleid. Nicht schlecht, die Figur. Musste sie zugeben, auch später noch, mit den Kindern im Schnee, hier die Radtour nach Holland, da auf dem Mailänder Dom, sie trugen Rollkragenpullover damals, der letzte Schrei, Lisa, die Jüngste, sie kam nach ihr, und Roman, so dünn, immer dünner als Wilhelm, der schon damals den Ton angab.

»Wer ist das?«, fragte Richard, der neben ihr saß, und Waltraud sagte: »Aber Richard, das bist du doch, da im Wintermantel, am Rande der Piste, du warst ja nie ein großer Skifahrer, mein Lieber.«

Nein, das war er nicht. Kein Mensch begriff, was sie an ihm fand, am wenigsten ihr Vater, der Fabrikant, was soll das, Waltraud, dieser späte Vogel, dieser Asket, der mit niemandem verheiratet war als mit seiner Sache. Aber keiner hatte ihr so imponiert, hatte sie so berührt, hatte ihr so ins Herz geschaut!

Sie sah sich knien im Beichtstuhl und die Sünde ihrer Liebe beichten, der Liebe zu ihm, der da als Akolyth am Altar stand und den Oberministranten gab und die Epistel vortrug, und als er ihr beim anschließenden Gemeindekaffee die Hand gab, sah er aus, als hätte auch auf seiner Seite ein Blitz eingeschlagen, und als er am nächsten Sonntag den Korinther-Brief vortrug, »hätte ich aber die Liebe nicht, so wäre ich ein dröhnendes Erz und eine klingende Schelle«, blickte er sie dabei an, und sie bekam eine Gänsehaut, und er wirkte so offen und verletzlich dort oben, ja so hilflos und völlig besiegt.

Er hatte sein Theologiestudium und die Jahre im Priesterseminar absolviert und befand sich nun im »Scrutinium«, der Phase der Befragung und Selbstüberprüfung, die der Weihe vorausgeht. Damals war er zu seinem Beichtvater gegangen, und der verstand ihn so gut, dass er ihm riet, den Sprung zu wagen. »Du kannst die frohe Botschaft auch draußen verkünden«, hatte er ihm gesagt.

Er sprach mit seinen Oberen. Dann tatsächlich stieg er aus und hielt ganz altmodisch bei ihrem Vater um ihre Hand an, und er tat es so ernst und glühend, dass ihr Vater spürte, dass jeder Widerstand zwecklos gewesen wäre.

Vom ersten Tag an liebte er sie mit einer Vollständigkeit und Überzeugung, die für Zweifel keinen Raum ließen. Und dann fing er ganz neu an und ging in die Politik, er begeisterte sich und andere für neue Aufgaben, und er machte Karriere, und ständig war er hundertprozentig. Welche Dramen, welche Höhen an seiner Seite.

Wie schnell dieses Leben vorüberfliegt in diesen Fotos, in diesen Versuchen, die Zeit anzuhalten. Immer wieder Weihnachten, das Fest der Familie. Und Richard, mit seinem Vogelkopf und der Hornbrille. Die Brillenmoden änderten sich, aber nicht Richard. Hier im Trainingsanzug mit den Kindern. Beim Laufen, beim Schwimmen, Richard war sportlich, er hatte das große Sportabzeichen gemacht noch mit 50 und hatte dafür trainiert. Richard als Redner, im Wahlkampf, dann immer wieder mit Geistlichen, immer wieder Kirchen. Später die Reisen, an die Schwarzmeerküste, nach China, die Hochzeiten der Kinder, die Taufen, das Grab der Eltern.

Richard saß neben ihr und tippte auf das eine und das andere Foto, er freute sich. »Du bist so schön«, sagte er, und Waltraud lächelte.

Munter fragte sie: »Ein Spielchen?«, und da auch das mittlerweile Routine war, ging sie, ohne die Antwort abzuwarten, in ihr Zimmer und kehrte zurück mit einem abgeschabten grünen Scrabble-Karton, der von einem dicken Gummiband zusammengehalten wurde. Sie konnte sich nicht dazu durchringen, ein neues zu kaufen. Viele der kleinen Holztäfelchen waren abgegriffen, ein verblasstes »E« war von ihr zu einem »Z« umoperiert worden, da das Original verlorengegangen war, mit Kugelschreiber hatte sie den Buchstabenwert drei eingeritzt.

Sie verteilte die Bänkchen und zog ihre Steine aus dem bunten Beutel, den sie aus einem alten Kissen zusammengenäht hatte, das Original war längst verlorengegangen.

»Fang du an«, sagte sie. Richard besah die Steine auf seinem Bänkchen, aufgeräumt und interessiert wie ein Kind.

Früher waren die Scrabble-Partien bei den Königs sportive Schlachten gewesen, das Ringen ums Wort als olympische Herausforderung, Waltraud war unbestrittene Großmeisterin, auch den Kindern und Enkeln gegenüber, sie hatte den Duden an ihrer Seite und war unerbittlich, wenn es um die grammatikalisch korrekten Beuge- und Verlängerungsformen von Verben und Substantiven ging.

In den Partien mit Richard jedoch ging es längst nicht mehr um Siege oder Niederlagen, sondern um das olympische Dabeisein, eine Art mnemotechnische Physiotherapie, Gehirntraining, vielleicht auch darum, die Verluste zu kontrollieren, denn Richard vergaß. Er vergaß Wörter.

Richard legte »Da« und lehnte sich zufrieden zurück. »›Da‹ heißt ›Ja‹ auf Russisch«, sagte er. »Weißt du noch, unsere Reise nach Leningrad?«

»Fremdwörter sind nicht erlaubt«, sagte Waltraud streng. »Aber ›da‹ als Demonstrativpronomen ist natürlich genehmigt.« Und dann legte sie »Zaungast« und schrieb sich neben dem Wortwert die 50 Punkte extra auf, die es gab, wenn man alle seine Buchstaben loswurde.

»Die Russen«, sagte Richard, »haben mich fasziniert. Weil sie aufs Ganze gingen, auf den Sinn, auf die Seele. Fürst Myschkin konnte nur von einem russischen Autor erdacht worden sein. Und nun schau dir an, wie ordinär sie geworden sind.«

Richard hatte sein Bänkchen wieder aufgefüllt. Sie hörten NDR-Kultur, das sein Programm natürlich vollständig auf Weihnachten und die Nacht der Nächte ausgerichtet hatte. Erwartung war die Losung der Tage, alle sprachen von Erwartung, auch in den Reportagen und Interviews zwischendurch, das ganze Jahr stürzte in diese großartige Verlangsamung hinein.

Auch in den Nachrichten ging es um Erwartung, aber hier war das Stück Weltraumschrott gemeint, das auf die Erde zustürzte. Alle hielten irgendwie den Atem an.

Waltraud sah ihrem Richard dabei zu, wie er sich in den Buchstabensalat auf seinem Bänkchen vertiefte. Mit Liebe und Sorge schaute sie auf ihn, auf den Vogelkopf, auf den mageren Oberkörper, ihr entging nicht, dass er sich beim Rasieren links neben der Kinnspitze geschnitten hatte, dass rechts zwei Haarbüschel stehengeblieben waren. Der dünne Hals mit den Druckstellen vom Kragenrand. Dieses Fest würde ihr letztes sein, ihr letztes gemeinsames, das er wahrnehmen würde, das spürte Waltraud, das hatte sie auch ihren Kindern in langen Telefonaten erklärt.

Sein Verfall hatte im letzten Frühjahr eingesetzt, in der Karwoche. Wie in den Jahren zuvor hatte er einen Kreuzweg durchs Tortenviertel organisiert, begleitet von Maria José, Frau Freibaum und der rüstigen Frau Theiss und anderen Damen, Professor Schäfer war auch dabei. Eine Gruppe von einem guten Dutzend von Senioren hatte er angeführt. Er trug das Kreuz vornweg.

Als sie dann in die Grindelallee einbogen, sie sangen
»O Haupt voll Blut und Wunden«, wurden sie von einem Polizisten angehalten. Ob sie denn eine Genehmi-
gung hätten für ihre Demonstration?

Richard war außer sich, als er Waltraud später davon
berichtete.

»Na dem hab ich was gegeigt«, schnaubte er. »Für
diesen Holzschädel war unser Kreuzweg eine genehmi-
gungspflichtige Demonstration.« Sie alle hatten dann,
mit steigender Empörung, diesen Beamten – »BEAM-
TEN«, sagte Richard voller Verachtung – umringt und
auf ihn eingeredet, bis er das Weite suchte.

Ein paar Wochen später war Frau Freibaum gestorben. Richard hatte sie nicht mehr in der Kirche gesehen
und mehrere Mal Sturm geklingelt bei ihr. Schließlich
ließ er, gemeinsam mit Pfarrer Grünfeldt, ihre Woh-
nungstür aufbrechen. Sie war schon mehrere Tage lang
tot. Ihre Tochter lebte in den Staaten. Sie wurde benach-
richtigt. Sie »regelte«, wie sie es nannte, »die Angelegen-
heit« am Telefon. Sie ließ die Wohnung »ausrümpeln«
und gab den Leichnam zur Feuerbestattung frei. »Die
hat ihre Mutter regelrecht entsorgt«, sagte Richard.

Seitdem schien er sich mehr und mehr in sich selber
zurückzuziehen. Oft entglitt er ihr. Aber gestern kehrte
er aus der Kirche zurück und verkündete strahlend: »Es
ist so weit.« Er hatte ihr einen Schrecken eingejagt.

Ach Richard, ein letztes Mal! Roman würde kommen, und Bill mit seiner Familie, und das hieße auch,

131

mit Karin, die in zwei bis drei Wochen niederkommen würde, so genau wusste man das nie. Roman zum Beispiel war zu früh und zu leicht gekommen. Vielleicht war er deswegen so anstrengend später, sein Leben lang, ständig kämpfte er um seinen Platz, um Gehör, ständig schlug er um sich, als ginge es um Leben und Tod.

»Hier«, sagte Richard. Und er legte »hier« an irgendeines der Wörter und schaute stolz auf.

»Schön, mein Schatz«, sagte Waltraud. »Schön, dass du hier bist«, und ihre Augen füllten sich mit Tränen.

Vielleicht, dachte sie, war es ja so, dass nicht nur am Anfang das Wort war, sondern dass es auch am Ende war. Und vielleicht hieß es »hier«. Aus dem Chaos der Buchstaben im dunklen Sack hatte Richard dieses Wort zusammengesetzt, in einem letzten Schöpfungsakt, bevor er sich verabschiedete.

Richard sah ihre Rührung. Sollte er sie vorbereiten? Und die anderen? Würden sie es fassen können? Sie würden, wenn sie innerlich bereit waren, von selber darauf kommen. Und Waltraud? Vielleicht sollte er seine Freude wenigstens mit ihr teilen? Die Allversöhnung!

Sie wiederum sah ihn zunehmend als Rätsel, aber als liebenswertes. Manchmal vergaß er Bezeichnungen. Manchmal benutzte er lustige Wörter wie »Salzinge« statt »Salzheringe«.

Was ging in ihm vor? Er schien sich lächelnd in einen inneren Bezirk zurückzuziehen, aus dem er manchmal aufregende Neuigkeiten nach außen schicken wollte, allein, ihm fehlte die Kraft. Manchmal schien ihm auch das »Außen« voller aufregender Wunder, auf die er sie hinweisen wollte. Dann wollte er ihr Dinge sagen, die sie nicht verstand. Er war bis zum Bersten voll davon.

Dieses Weihnachtsfest sollte perfekt werden. Sie würde alle zusammenhaben für ein letztes Foto. Nun, nicht alle. Lisa hatte absagen müssen, ihr Mann, der gute Pedro, konnte nicht auf sie verzichten, das »Las Gaviotas«-Programm war gerade in einer kritischen Phase, es ging um Aufforstung und Begrünung in den Llanos im Norden Kolumbiens. Waltraud lebte in ständiger Sorge, dass ihr etwas zustoßen könnte.

Sie verstand, dass die Bäume wichtig waren, dass sie zur Rettung des Planeten beitrugen, aber wichtiger als der Planet war ihr doch, dass ihre Tochter gerettet würde.

Waltraud war auch insofern die Datenbank der Familie, da sie die Briefe sammelte, die Impfpässe, die Visa aufhob, Hotelprospekte und Domführer, die frühen Reden Richards, die ersten Sprüche der Kinder, die Artikel von Roman und die anderen, die über Richard erschienen waren.

Ja, Waltraud hob alles auf, Romans frühe Briefe aus dem Internat, die ernsten »Abrechnungen« mit dem strengen Vater, vor allem aber Fotos, Hunderte von Fotos, und dazu gehörten alle Familienfeiern.

In der steigenden Flut schlechter Nachrichten über das Schicksal des Planeten Erde – Lisa schrieb in ihren

Briefen über nichts anderes als die Klimakatastrophe – schwamm Waltraud wie ein Mutterfloß, das darauf achtete, das Nächstliegende an Bord zu haben. Versorgung. Zuspruch. Trost. Sie war darauf konzentriert, die Verwundeten der Sippe zu pflegen.

Im intellektuellen Reizklima der Familie, den sportiven Kämpfen um das bessere Argument – sie hießen: »Ist Revolution die Antwort auf die Ungerechtigkeit?«, »Ist Sartre ernst zu nehmen?«, »Ist die Kirche in Lateinamerika auf dem richtigen Weg?«, »Können wir glauben gegen die Vernunft?«, »Können wir leben, ohne zu glauben?« – hielt sie über die Jahrzehnte hinweg die Position an der Seitenlinie, mit dem Verbandskasten, denn das polemische Feuer war all ihren Kindern eigen.

Sie versuchte eine lächelnde Äquidistanz zu allen, innerhalb der Familie und außerhalb. Ihr Motto hieß: lächeln, und das galt ganz besonders für die Fotos.

Bill war der Stabilste, der Ungerührteste, er hatte sich früh von Richard gelöst, war seinen Weg gegangen, raus aus dieser kleinbürgerlichen Familienveranstaltung mit dem »religiös übermotivierten Alten«, wie er ihn nannte, wobei ihn nicht die Religion, sondern das Kleinbürgerliche störte.

Richard trug schäbige Anzüge und seit Ewigkeiten die gestopfte weinrote Strickjacke. Sie fühlte sich, wenn Bill sie einlud in ihr Anwesen im Taunus – die Bank war großzügig –, immer ein wenig eingeschüchtert.

Mit Roman verband sie die enorme Kompliziertheit,

in der er seinen Weg ging. Immer laut, immer zu dünn, immer von Rauswürfen bedroht, aber auch immer wieder genialisch in seinen Reportagen und Leitartikeln und seinen vielen Büchern, mit denen er sich ins Gefecht stürzte für das, was er für richtig hielt. Ohne Rücksicht auf Verluste. Schade, dass Rita ihn verlassen hatte. Ihr war Romans Unerbittlichkeit zu viel geworden. Ach, sie hätte den cholerischen Richard erleben sollen, als er in Romans Alter war. Nein, dass Rita ihn verlassen hatte, konnte sie ihr lange nicht verzeihen, aber mittlerweile hatte sie ihren Frieden gemacht.

Und Nick. Was konnte er für Briefe schreiben, so voller Mitgefühl, aber auch mit den ganz tiefen altklugen Bohrungen nach dem Sinn. Letztes Jahr kam eine lange Abhandlung über die Kantschen Weltfragen: Was kann ich wissen? Was soll ich tun? Was darf ich hoffen? Was ist der Mensch? Offenbar hatten sie das im Philosophieunterricht behandelt. Sie schrieb ihm zurück, er solle auf sich aufpassen, sich immer warm anziehen und den Mut nicht verlieren.

In den Radionachrichten ging es wieder um den Satelliten, der offenbar auf die Erde zutorkelte. Wie schwer war so ein Ding? Die meisten Teile, so gaben Experten kund, würden beim Eintritt in die Erdatmosphäre verglühen. Aber was, wenn nicht? An den Rändern ihres Mutterhorizonts gab es irritierende Bewegungen, auf die sie mit Sorge reagierte.

Eigentlich war die Welt eine Sorgeneinrichtung, und

die Medien hatten alles noch verschlimmert, denn sie schaufelten unaufhörlich, 24 Stunden am Tag, Katastrophen aus allen Enden der Welt zusammen, und alle riefen ihr zu: »Nun, Waltraud, werd du damit fertig.«

Mit den Massakern an Christen im Sudan. Mit den düsteren Prognosen des Club of Rome, der Wassermangel und Weltbürgerkriege voraussagte. Dagegen waren Jeremiahs Prophezeiungen Pausenmusik. Mit Erdverwüstungen, Tsunamis, Hurrikanes, der todsicheren Weltwirtschaftskrise.

Mit verdorbenem Fleisch in den Wursttheken, mit Elendsgestalten, die aus dem Meer vor Italien gefischt wurden, mit 30 000 Toten in den Kriegen zwischen den mexikanischen Drogenbanden und mit diesem netten Studenten, der sich vor Jahren bei einer Familienwette im ZDF das Rückgrat gebrochen hatte. Kinder!

Nur, was war mit Nick? Wieso war er auf dem Weg zu ihnen? Hoffentlich würde ihm nichts zustoßen. Ach, Nick, Junge.

Dieses Weihnachten sollte ihr Statement sein. Dieses Weihnachten würde sie dem Elend der Welt entgegenstellen. Dieses Weihnachten würde zur Insel der Hoffnung werden. Der Erlöser kommt, die Familie setzt sich friedlich um den Braten. Der Braten! Alle friedlich. Ein Stück Himmel auf Erden.

Draußen schneite es wieder. Die ganze Stadt versank in wohliger Erwartung unter einer dicken weißen Decke.

Nick, 23. 12., später Nachmittag
Das blaue Meer

Nick und Max, dieser merkwürdige Prophet mit dem Bart, dieser russische Pope vom Straßengraben mit seinem Fahrrad, sie liefen auf die Aral-Station zu. Es war eine dieser pompösen Tanken mit endlosen Verkaufsregalen, die letzte Auffahrt vor der Autobahn.

Max strahlte wieder. Den Schrecken über den vorbeipreschenden Audi, der sie in den Straßengraben befördert hatte, hatten sie überwunden.

So war es nun mal, wenn man eine Randfigur war, erklärte Max. Er bezweifelte, dass der Typ im Auto glücklicher war als er selber. »Wie beschissen muss es sein, so durchs Leben zu donnern«, sagte er.

»Der hatte seine ganze Familie bei sich«, sagte Nick empört. »Es sollte Führerscheine auch für Leute geben, die eine Familie führen wollen.«

Max lächelte. »Das ist eine gute Idee. Nick, du machst dich. Wir entwerfen eine neue Welt, und ich ernenne dich zum Familienminister.«

Nick lachte. Und dann erzählte er Max von seinen Eltern und davon, dass er sich im Moment mit Richard am besten verstand. »Er hat Zeit, weißt du, und er nimmt sich Zeit, und er guckt von draußen aufs Leben, und das ist schön. Von denen, die draußen sind, hab ich am meisten.«

Sie steuerten auf die Waschbereiche zu.

»Kannst du auf das Rad aufpassen?«

Max wühlte in seiner blauen Plastiktüte und hielt schließlich eine Packung in der Hand.

»Feuchttücher«, sagte er. »Die sind das Geheimnis, du musst auf der Straße immer Feuchttücher dabeihaben, besonders wenn du Pathophobiker bist.«

Dann verschwand er, und Nick schaute sich um. Es war eine belebte Tankstelle. Die Zapfsäulen wurden regelmäßig angelaufen, im Shop war Betrieb. Warmes Licht in der Dämmerung. Und auf dem Dach glühte ein Christbaum.

Tankstellenmenschen, dachte Nick. Das Gegenteil von Internatsmenschen. Hier sind alle auf der Durchreise, und in den Gesichtern steht die Erwartung auf irgendeine Ankunft. Müdigkeit oder Stress oder Ergebenheit. Nirgends war die Welt so offen wie auf einer Tankstelle. Vielleicht war es die letzte vor dem Universum. Die letzte Ausfahrt vor der Milchstraße.

Hier waren die unterwegs, die in Hesses Roman »Goldmund« heißen. Abenteurer, Unruhige, Liebessüchtige, Ausreißer, Verbrecher. Im Internat war die Gegenwelt, die geschlossene Ordnung mit ihrem Regelwerk und ihrem Schutz. Die Lebenswelt von »Narziß«.

Sie hatten Hesses Novelle im Unterricht gelesen. Am Ende lief es darauf hinaus, dass beide zum gleichen Ergebnis kamen, Narziß drinnen und Goldmund draußen in der Welt.

Es war kompliziert hier draußen, doch aufregender als alles, was er in den letzten Jahren im Internat erlebt hatte. Schließlich tauchte Max wieder auf. Sein Gesicht glänzte rosig und frisch, auch die Hände, ja die Fingernägel waren sauber. »Wieder Mensch«, sagte er.

»Ich müsste unbedingt mein Handy aufladen«, sagte Nick.

»Komm, wir gehen da rein.« Max deutete auf den Verkaufsraum der Tankstelle.

»Ich habe ein Problem«, sagte Nick, »ich habe kein Geld.«

»Aber das ist doch kein Problem«, sagte Max, »weil ich nämlich welches habe.«

Sie stellten das Rad in einem Gestell vor dem Eingang ab, Max legte das Nummernschloss um den Vorderreifen, nahm den blauen Plastikbeutel, und sie traten ein. Hinter endlosen Regalen mit Nippes und Andenkenkram und Elvis-CDs, rechts neben der Kasse, war ein runder Tisch aufgestellt und dahinter eine Theke, an der es Bockwürste gab. Daneben stand eine große Kaffeemaschine, die alles ausgab außer Kaffee. Vom Espresso bis zum Cappuccino wurde alles in allen möglichen Mischungen, Milchzusätzen und Größen angeboten.

Nick steckte das Kabel, das Max ihm ausgeliehen hatte, in die Dose, gab die Geheimzahl ein, und sofort hörte er an den Serien von »Plings«, dass jede Menge Nachrichten eingelaufen waren.

»Offenbar schwer was los!«, sagte Max, der mit zwei Papptellern mit Würsten an den Tisch zurückkehrte.

Nick verzog das Gesicht, schuldbewusst. Er hatte da wohl einiges ausgelöst seit seinem Abgang aus dem Internat. Das Kabel war lang genug, dass er die Nachrichten abhören konnte, ohne das Handy vom Stromnetz zu nehmen.

Drei der sieben Nachrichten waren von Mama. Zunächst ein wütender Anruf darüber, dass er sich offenbar ohne Erlaubnis vom Internatsgelände entfernt hatte. Dann ein flehender. Er solle sich doch bitte melden, bitte, bitte. Schließlich verzweifelt, zaghaft, unter Tränen, sie liebe ihn, sie habe ihn sicher verletzt, sie wolle es wiedergutmachen, aber bitte, bitte melde dich. Dann eine Nachricht von Roman, eher freundlich und ruhig, aber mit der dringenden Bitte um Rückruf. Zwischendrin noch mal Waltraud.

Nick war erschrocken über die Gefühlsstürme, die er ausgelöst hatte. Er hatte nicht damit gerechnet. »Ich dachte wirklich, ich bin denen irgendwie … egaler«, sagte er zu Max, der nickte und lächelte.

»Ich muss anrufen.«

Nick drückte die Taste und wartete. »Hallo, Mama, ich bin's …« Er krümmte sich über sein Handy wie ein

Klavierstimmer und lauschte diesem Wirbel aus mütterlicher Erleichterung und Tränen und Freude, er bückte sich da hinein, um die anderen Kunden nicht teilhaben zu lassen an seinen, tja was, Schiffbruchsmeldungen, Entschuldigungen, Bekenntnissen, Beteuerungen, es waren nur Bruchstücke, die er loswurde.

»Ich weiß, Mama ... nein, überhaupt nicht deine Schuld ... nein, mir geht es gut, ich bin hier mit einem Freund, und ... nein, irgendwo im Ruhrgebiet an einer Tankstelle, so was wie Bundesstraße ... ich wollte einfach zu Richard ... ich nehme an, dass ich hier schnell ein Auto nach Hamburg kriege ... Ja, Waltraud weiß Bescheid, sobald ich da bin, melde ich mich ... kannst du bitte Papa anrufen, der hat versucht ... ja, danke ... Kuss, ich dich auch.«

Nun kämpfte Nick mit den Tränen. Er war 14 und kein bisschen so abgebrüht wie Eminem oder all die anderen Rapper. Er war ein Kind, das zu seinen engsten Freunden einen fliegenden Drachen zählte und einen dementen Alten und zu seinen neuen jetzt diesen bärtigen Straßenmenschen.

Nick wählte Romans Nummer.

»Hallo, Papa ... ja, mir geht es gut, ich bin hier mit einem Freund ... ich hab ihn unterwegs getroffen ... ja, ich werde hier bestimmt ein Auto kriegen, das mich mitnimmt nach Hamburg ... sicher, Papa, ich ruf dich an, sobald ich im Auto sitze.«

Max besorgte noch einmal Cola und Bockwürste mit

Brötchen, und Nick machte sich darüber her. Erst jetzt spürte er, wie hungrig er war.

»Du hast Glück«, sagte Max, »du hast Eltern, die auf dich warten.« Und dann beugte er sich zu Nick. »Ich muss dir was sagen.«

Und dann gestand er Nick, dass er seine Mutter bereits getroffen hatte.

Die Versuchsanordnung. Das Heim. Die Wiederbegegnung. Vor einigen Tagen hatte er sie tatsächlich getroffen.

Am Bahnhof in Gießen hatte er sie abgeholt. Er erkannte sie sofort. Sie dagegen hatte Mühe, ihn auszumachen, wegen seines Bartes. Sie sagte: »Du siehst aus wie ein Penner«, und sie schämte sich für ihn. Er konnte sie zwar überreden, sich auf die Suche nach jenem Heim zu machen, aber das stand nicht mehr. So gab es keinen Anschluss in seinem Lebensfilm, der Riss würde bleiben. Noch nicht einmal über die Weihnachtstage wollte sie ihn bei sich haben. Es sei denn, er rasiere sich und werde zu einem »normalen Menschen«.

»Warum nimmst du dir den Bart nicht einfach ab?«, fragte Nick.

Max schüttelte den Kopf. »Das geht nicht. Ich habe einen Schwur abgelegt. Erst wenn meine Arbeit zu Ende geführt ist. Ich bin schon nahe dran. Ich weiß jetzt, dass es ein 29. Element nicht gibt. 28, das ist es. Ich muss es nur noch aufschreiben und veröffentlichen.«

Nick schaute ihn sprachlos an.

»Lass dich nie auf ein solches Projekt ein«, fuhr Max fort. »Du bist noch jung. Genieße das Leben.« Und dann lachte er. »Letztlich ist es doch egal, was das Leben zusammenhält.«

Nick wischte mit seinem Brötchen einen Rest Senf vom Teller und schaute dann ratlos auf Kunden im Verkaufsraum, auf die Männer, die an der Kasse anstanden, die Frauen, die gelangweilt die Regale abschritten. Glücksschweine aus glasiertem Porzellan in allen Farben, Zahnbürsten und Tassen in allen Namen, Rasierapparate, Zauberwürfel, Spielzeugautos, Namensstifte, zwanzig Sorten an Schokolade, eine Plastikgans, die sich von innen erleuchten ließ.

Wer kaufte eine Plastikganslampe? Nick wurde von einer überwältigenden Traurigkeit erfasst. Was sollte dieser Krempel? Wen sollte er glücklich machen? Welche Löcher mussten damit zugestopft werden?

»Ich habe mal das Meer über Gibraltar gesehen«, sagte Max plötzlich. »Da ist mein Vater mit mir in den Urlaub geflogen. Das Meer war so unheimlich schön. Das möchte ich noch mal sehen.«

»Was machst du jetzt?«

»Ich fahr zu seinem alten Bekannten, der zwanzig Kilometer von hier in einem Wohnwagen lebt. Er ist Schäfer und mit seiner Herde auf einer Winterweide. Nebenher liest er Goethe. Er hat Zeit. Ich habe mit ihm telefoniert. Hoffentlich wird er nicht vom Schnee überrascht. Ein guter Ort, Weihnachten zu feiern – bei den

Hirten auf dem Felde.« Max lachte. Auf Nick machte er einen glücklichen Eindruck.

»Jetzt suchen wir dir jemanden, der dich mitnimmt nach Hamburg«, sagte Max und griff nach dem blauen Plastikbeutel, und Nick entstöpselte sein Handy, das mittlerweile wieder eine solide Akkusäule zeigte.

Kurz darauf trafen sie an der Zapfsäule auf ein Ehepaar, das einen Peugeot mit Hamburger Kennzeichen volltankte. Er war Lungenfacharzt, wie sich bald herausstellte, sie eine hübsche Pharmareferentin. »Aber sicher nehmen wir dich mit«, sagte die brünette Frau.

»Trampen, zu Weihnachten, was machst du denn für Geschichten?«

Nick umarmte Max. »Frohe Weihnachten«, sagte er. »Ich hoffe, du siehst das blaue Meer bald wieder.«

»Frohe Weihnachten«, sagte Max. »Und schöne Grüße, besonders an Richard.«

Richard, Waltraud, Nick 24. 12.
Vor dem Fest

Nick war gegen Mitternacht vor dem weißverputzten Mietshaus am Rande des Tortenviertels abgesetzt worden. Was für ein Bild, als er vor dem Tor stand. Das Wohnzimmer hinter den Gardinen leuchtete warm in die Nacht. Als er klingelte, ging das Licht im Treppenhaus an, dann das im Hausflur, und da standen Waltraud und Richard, Waltraud breitete die Arme aus, umarmte ihn, wollte ihn kaum loslassen, und Richard stand daneben und wechselte von einem Bein aufs andere und stieß kleine Pfiffe aus und sagte: »Junge, Junge, det ist ja'n Ding.«

Wie immer berlinerte er, wenn er sich freute.

Später, als er schlief – Waltraud hatte ihm geblümte und nach Lavendel duftende Bettwäsche auf die Federbetten gezogen –, stand Richard an seinem Bett. Ihm war nach Singen zumute. Er sang nach innen. »Lobet den Herren, der alles so herrlich regieret, der dich auf Adelers Fittichen sicher geführet.« Das hatte er in den letzten Kriegstagen oft getan.

Waltraud telefonierte indessen mit Rita und beruhigte sie. »Er schläft jetzt, ja, er sieht gesund aus, der hat sich die Haare geschnitten, du, er sieht ganz erwachsen aus, ja, bitte komm doch schon heute, so weit ist es doch nicht, natürlich haben wir Platz, Bill schläft ohnehin mit seiner Familie im Aspria.«

Erst als sie aufgelegt hatte, wurde ihr gewahr, dass sie Rita aufgefordert hatte, ihren Mann und dessen Töchter an Heiligabend im Stich zu lassen. Doch merkwürdig, im Gespräch mit ihrer Schwiegertochter, sie blieb es ja trotz der Scheidung, klang es anders. Da klang es wie eine Einladung, endlich auch nach Hause zu kommen. Lag es an Rita, dass es ihr so ganz natürlich vorkam?

Waltraud strahlte, das Haus füllte sich zu Heiligabend, sie wurde gefordert wie früher, denn die Feiertage waren in jeder Familie in erster Linie eine logistische Unternehmung. In Zeiten der Patchwork-Familien war es das erst recht. Da war es eine Mischung aus Marzipankugeln und Liebesanrechtsberechnungen und Stundenplänen, denn Festtage waren längst zu »Terminen« geworden.

Am nächsten Morgen erwachte Nick in seiner duftenden Wäsche und putzte mit Heißhunger weg, was Waltraud ihm vor die Nase setzte, Ei, Salami, aufgebackene Brötchen, Joghurt. Richard sah ihm dabei zu und sagte: »Deine Haare sind wie meine, früher.«

Nick grinste. »Das trägt man heute wieder so, Opa.«

Waltraud lief hin und her zwischen Küche und Wohnzimmer und wollte nichts davon wissen, dass die beiden ihr beim Abwasch halfen.

»Ihr steht nur im Weg, am besten, ihr macht einen schönen Spaziergang, aber zieht euch warm an, besonders du, Richard.«

Richard war es recht, denn er wollte mit Nick alleine sein, immer wieder hatte er ihm Zeichen gemacht und verschwörerisch »später« gemurmelt, wenn Waltraud im Zimmer auftauchte.

Als sie, dick vermummt, auf die Straße traten, hatte es aufgehört zu schneien. Wie ein runder Eidotter lag die Sonne im Nebel. Eigentlich kein Nebel. Eher eine weiße Wolke, die sich hier aufs Tortenviertel gelegt hatte.

An dieser Stelle müssen wir zugeben, dass wir mit unseren Wettereffekten ein bisschen angegeben haben. Der graue Himmel über Berlin. Der rote Himmel über dem Ruhrgebiet. Der weiße über Hamburg. Aber wir wollen die beiden in diesem Moment in Watte einpacken, denn sie haben sich Kostbares mitzuteilen, und sie müssen ganz unter sich sein. Die Welt war still, totenstill im Tortenviertel, sie hielt den Atem an.

Automatisch wandten sich die beiden nach links, hinauf zu Park und Kirche. Nick hielt Richard am Arm, nichts als Haut und Knochen, das spürte er durch den Mantel hindurch.

Wieder begann es zu schneien. Sofort setzten sich dicke Schneeflocken auf Richards Brillengläsern fest. Die beiden schritten vorsichtig den leichten Anstieg hinan zum Innocentiapark.

»Magst du eigentlich Münzen, Opa?«

»Münzen?« Richard lachte. »Wie kommst du denn darauf, Nick?«

»Nur so ... Geht es dir gut, Opa? Du siehst ja kaum was.«

»Man sieht genau das, was man sehen muss, Nick.« Richard blieb stehen und schaute seinen Enkel an und lächelte sein Lächeln. »Ja, mir geht es gut, Nick. Sehr gut.« Sie setzten ihren Weg fort.

»Bedrückt dich etwas, Nick?«

Zögernd antwortete Nick: »Ach, ich weiß manchmal nicht mehr, wo ich hingehöre. Ich meine, das Internat ist okay, aber ... hast du das manchmal gehabt, Opa, dass du nicht weißt, wo du hingehörst?«

Richard schaute überrascht. »Nein, eigentlich nicht, Nick. Ich habe immer gewusst, zu wem ich gehöre.« Dann schritt er weiter in das weiße Treiben hinein.

»Ich freu mich, dass Mama kommt«, sagte Nick. »Ich glaube, sie ist unglücklich mit Paul. Ich hab das schon am Telefon gespürt.«

»Und Roman? Was ist mit deinem Papa?«

»Ach, ich glaube, der hat zu viel im Kopf. Er muss dauernd nachdenken. Das macht ihn manchmal wütend. Aber er ist trotzdem ... okay. Er meint das nicht so.«

»Roman macht es sich unnötig schwer«, sagte Richard.

»Er hat total okay reagiert, als er das von der Kifferei gehört hat.«

»Kifferei?«

Nick beichtete ihm die Geschichte.

Richard lachte. »Was machst du denn für Sachen, Nick, musst dich doch nicht beduseln. Das machen doch schon alle. Du willst doch nicht wie alle sein.«

»Es war toll, irgendwie. Ich hab so Sachen gesehen. Ich meine, die Natur war so freundlich.« Nick kicherte. »Die Bäume waren freundlich.«

»Aber dazu musst du doch nicht kiffen, Nick, um das zu sehen. Dass die Bäume freundlich sind.« Richard schüttelte den Kopf.

»Schau mal.« Auf den Ästen der kahlen Kastanien hatten sich hohe weiße Rippen gebildet, wie Schonbezüge. »Was er alles kann«, sagte Richard.

»Das wird toll im Internat, da können wir die Abfahrt machen«, sagte Nick aufgekratzt. »Weißt du, von der Stella runter, der Lieferantenweg, da geht's geradeaus runter, da kommt das Gitter. Aber wenn du dich scharf rechts legst«, Nick machte vor, wie er sich in die Kurve legt, wie ein Rennfahrer, »dann kommst du bis auf den Schulhof ... wroammms.«

»Pass bloß auf, mein Lieber«, sagte Richard. Für einen Moment hatte er vergessen, dass die Welt untergehen würde.

»Och«, sagte Nick lässig, »bisher ist noch nichts passiert. Die anderen trauen sich das nicht, von ganz oben, Lenny fährt immer erst von der Hälfte ab.«

Richard schaute auf seinen Enkel, der gewachsen war und ihm nun bis zur Schulter reichte. »Du bist mutig«, sagte er.

Ein offenes Gesicht. Vertrauensvoll und unschuldig, verschmitzt, wenn er lächelte, von ferne erkannte er seine eigenen Züge in ihm, aus großer Ferne, wir sehen ein rußgeschwärztes Angesicht, eine gerissene grobe Anzugsjacke, Pullover drunter, braun-grün geringelt, damals in den letzten Tagen.

»Weißt du, damals, ich war in deinem Alter.« Richard sprach eindringlich. »Feuer, da war überall Feuer, die Welt war untergegangen.« Er sah sich, wie er mit der kleinen Anni durch Berlin lief, sie hatten Tante Sophie in der Lützowstraße besucht, sie hörten das leise Grummeln und die Geräusche der Flakabwehr, dann die Christbäume in der Luft, ja, von unten sahen sie aus wie Christbäume mit Kerzen, die das Terrain sondieren sollten für die Bomber, natürlich werden sie in der Apokalypse des Alten auf Patmos anders genannt, nun brannten sie.

Richard blieb stehen und sah Nick prüfend ins Gesicht, er musste ihn vorbereiten, aber er schaute nach innen. »Und dann fielen die Bomben.«

Der Luftschutzkeller im Tiergarten war voll, sie zogen weiter, später fiel eine Sprengbombe dort hinein. Weiter, er hatte die Kleine an der Hand, sie waren hundemüde, jetzt die Brandbomben, weiter zur Flensburger Straße, schon an der Ecke Klopstockstraße konnten sie ihr Elternhaus sehen, den stolzen Gründerzeitbau, die Architekten lebten selber drin, unten im Parterre der Schneiderladen, in der Beletage die Familie Goldschmidt, die schon früh abgeholt worden war, damals war er zehn oder elf, und er hatte geschrien, als der LKW vor dem Haus stand, mit Samuel hatte er Fußball gespielt, und nun das verdiente Weltgericht, der Brand fraß sich vom zweiten Stock aus nach oben und nach unten, sie mussten wegen des Funkenflugs noch einmal um die Ecke, die Kleine weinte.

»Ich spürte den Ruß, und was empfand ich? Nichts. Leere. Das war es, was mir Angst machte.«

»Was war mit deinen Geschwistern und deinem Vater?«

»Wir haben alle wundersam überlebt. Auf Adlers Fittichen sicher geleitet.« Richard lächelte. Erneut war er stehen geblieben. Verwundert schaute er Nick an. »Ich habe nicht begriffen, warum wir verschont wurden. Überall Trümmer, Leichen in den Straßen, halbverkohlte Menschen liefen schreiend umher, der Himmel brannte, alles brannte.«

Er schwieg eine Weile. Dann blieb er stehen und sa Nick an. »Ein Jahr später, im Frühling, war ich wieder in unserer Straße. Wir von der Ansgar-Jugend hatten diesen Pfiff, weißt du, einen Erkennungspfiff. Ich habe gepfiffen, aber keiner hat geantwortet. Da fiel mein Blick auf die verkohlten Bäume, und ich hab was Unwahrscheinliches gesehen: Aus den schwarzen Ästen kamen kleine neue Zweige. Es spross grün. Junge Blättchen überall. Zartes Hellgrün. Die Bäume hatten überlebt. Alles fing neu an.«

Nun lächelte Richard an Nick vorbei, irgendwohin, wo gar nichts war in diesem Schneetreiben. »Aber allmählich wird mir alles klar. Allmählich erkenne ich das Muster. Und heute ist es so weit. Ich soll das Ende sehen und den Anfang, Nick. Das wollte ich dir sagen. Wir sind so beschenkt.«

Nick zog die Stirn in Falten. Richards Vogelgesicht. Die rotgefrorene Nase. Die glänzenden Augen. Die Geschichte ergab keinen Sinn, aber Richard glühte in seiner Überzeugung, und das machte sie unwiderstehlich.

»Du wärst heute nicht hier, wenn mir Gott nicht Waltraud über den Weg geschickt hätte, damals in meiner Seminarzeit in Tauberbischofsheim, ja, ich hatte meiner Mutter versprochen, Priester zu werden, ich wäre es gerne geworden, aber er hatte etwas anderes vor. Er hatte Roman vor, und damit hatte er dich vor.«

Richard keuchte ein wenig, man sah die Hand vor Augen kaum, so dicht war nun das Schneetreiben. Es war so dicht, dass Nick nur noch die Stimme Richards hörte, und die ganze Welt bestand aus nichts als dieser Stimme, die nun überraschend kräftig war.

»Wir müssen uns freuen, Nick, wir müssen ihm dafür danken, dass wir hier sind.« Sie liefen eine Weile schweigend nebeneinander.

»Kommt Papa denn auch?«

»Er kommt später zu uns, ich habe heute früh mit ihm gesprochen, er nimmt den nächsten Zug. Ich schätze, er ist mittags da.«

»Ist er wütend auf mich?«

»Keiner ist wütend auf dich, mein Junge, auf dich am allerletzten. Heute ist keiner wütend. Heute ist ein Tag der Freude.«

Mittlerweile standen sie vor der Kirche, die an diesem Morgen verschlossen war wegen des Gottesdienstes am Abend. Sie sahen, dass im Pfarrhaus das Licht brannte. Grünfeldt saß über seiner Predigt.

»Lass uns wieder umkehren, Opa«, sagte Nick. Auf dem Weg nach Hause erzählte er Richard von Max, dem Straßenpropheten mit seinen Aufzeichnungen über Sonnenstürme.

»Glaubst du, dass die ganze Welt aus 28 Kategorien aufgebaut ist? Aus Linien und Kurven und Hüllen und noch ein paar anderen Dingen, wie Zufällen oder Ereignissen?«

»Das sind alles nur Namen, die so gut sind wie alle anderen. Für die einzige Kategorie, die zählt«, sagte Richard ergriffen. »Alles nur Namen für Gott. Gott ist die Güte und der Schrecken und das Gericht. Timor domini initium sapientiae.«

»Er machte sich auch gar keine Gedanken darüber, wo er schlafen würde. Er sagte, man findet immer was. Nur für seine Aufzeichnungen, er hat einen ganzen Container davon, weißt du, für die braucht er eine Bleibe. Für sein wissenschaftliches Werk.«

Richard nickte. »Hast du deiner Mutter verziehen?«

Komische Frage, fand Nick. Entscheidend würde

doch wohl sein, ob sie ihm verzieh. »Ich glaube, dass ich ihr Kummer gemacht habe«, sagte er zerknirscht. »Sie hat es wohl schwer mit mir gehabt. Sie hat es mit allem schwer gehabt, auch mit Papa.«

»Sie hat es vor allem mit sich selber schwer gehabt«, sagte Richard, voller Anteilnahme. »Was für ein famoses Mädchen, aber ich habe nie verstanden, warum sie mit dir weggezogen ist.«

»Ich begreife nicht, was sie an Paul gefunden hat. Er ist so ein Idiot. Mit diesem Wohltätigkeitszeug und den Klassikkonzerten, und dieses schwachsinnige Getue mit seinen Töchtern, die alle mal mindestens weltberühmte Geigenvirtuosinnen werden sollen. Ich hab da nicht mehr reingepasst, Opa. Weißt du, das Internat ist voll in Ordnung ... Sie haben mich jetzt zum Mannschaftskapitän gemacht.«

»Ach ja? Welche Position spielst du?«

»Offensiver Sechser.«

»Wie?«

»Na, offensives Mittelfeld«, sagte Nick stolz.

»Ach so, Mittelläufer, toll, ja, hab ich früher auch gespielt.«

Sie plauderten noch eine Weile über die Internatszeit und über die Möglichkeit der Existenz von Drachen.

»Aber natürlich gibt es sie«, sagte Richard, »in meinem Zimmer habe ich ein Bild vom heiligen Georg, wie er den Drachen ersticht, ich zeig es dir.«

Als sie vor der Haustür angekommen waren, beugte er sich verschwörerisch zu Nick hinunter.

»Aber pscht, kein Wort zu Waltraud.«

»Worüber denn«, fragte Richard.

»Na, du weißt schon.«

Nick wusste überhaupt nicht. Er sah, dass im Wohnzimmer hinter dem großen Balkon das Licht brannte, warmes Licht, Festlicht, und hinter der Gardine konnte er die Umrisse des Weihnachtsbaums erkennen.

Die Königs, Heiligabend
Die Apokalypse

Die Wohnung der Königs lag im Erdgeschoss eines Mietshauses im schmucklosen Stil der 50er Jahre. Mit einem weit über die Garageneinfahrt hinausragenden Balkon. Dahinter die Panoramascheiben des Wohnzimmers. Mit diesen Scheiben, in die eine verglaste Tür eingelassen war, wirkte es wie eine Loge in die Welt hinaus, ein schimmernder Kasten in dieser Fassade aus Spritzbeton. Nie wären die Königs auf die Idee gekommen, sich auf diesem Balkon aufzuhalten, der Lärm der nahen Grindelallee war viel zu groß. So wurde er als Zwischenlager genutzt, für Getränkekästen oder Blumenerde für die Geranien im Sommer, um Suppen aufzuheben, oder im Winter für das Fett, das von der Gans abgeschöpft wurde und zu Schmalz erkaltete. Ein kleiner Wäscheklappständer war quer gegen die Sichtblende aus Wellplastik gelehnt.

So war die erleuchtete Wohnung der Königs ein prächtiger Schaukasten. Und an Tagen wie diesem war sie eine Insel, ein Positionslicht im Schneetreiben, ein Heimatversprechen, und sie wurde im Laufe des Vor-

mittags in all dem Schneetreiben von den Kindern der
Königs angelaufen wie eine rettende Polarstation.

Hinter dem Gartentor führte ein kleiner Plattenweg
zur doppelverglasten Haustür, der mit einem Rahmen
aus Messing und rotlackiertem Stahl Solidität verliehen
und mit ihrem schräg angebrachten, nach unten gezo-
genen Griff aus geriffeltem Plastik das Aussehen eines
Behördeneingangs gegeben worden war.

Man hätte die Behörde für soziale Gerechtigkeit hier
unterbringen können, denn das Haus war ein Grenz-
haus, es schloss den Villenreigen des Tortenviertels ab
und bildete den Auftakt zu den hässlichen Zweckbau-
ten und Mietskasernen der Grindelallee, die groß und
vierspurig 50 Meter weiter unten vorbeiführte. Die Königs hielten den Grenzposten zwischen Luxus und Prekariat.

Nebenan hatte ein Bilderrahmer sein Geschäft auf-
gemacht, ein Friseursalon, daneben das Kneipenrestau-
rant »Zur Pfanne«, doch dort brauste dann schon der
Verkehr. Gegenüber, auf der anderen Seite der Grindelallee, lag die U-Bahn-Station. Hier begann die andere Welt. Mit McDonald's, einem Blumengeschäft, vor
dem jetzt Weihnachtsbäume verkauft wurden, dann ein
Schuhdiscounter, weiter oben Lidl und Penny. Waltraud
ging vorwiegend hier einkaufen, und Richard mochte die
»deutsche Küche« im Kellerrestaurant »Zur Pfanne«,
wo man ein vernünftiges Labskaus mit Spiegelei auf der
Karte hatte. Links hoch die Kirche, rechts runter das

preiswerte Labskaus, man könnte sagen, dass die Königs das Beste aus zwei Welten leben konnten.

Als Richard und Nick die Wohnung betraten, umfing sie Weihnachten mit einer Wolke aus Klängen und Düften. Mit einem Apfelkuchen, der im Ofen eine zarte Bräune über die gekrümmten Rücken der geschälten Früchte zog. Mit Waltraud, die leicht erhitzt und beschwingt davorstand. Und mit den Regensburger Domspatzen, die auf diesem Schallplattencover von 1963 hinter einem grünen Zweig mit roter Christbaumkugel abgebildet waren und »In dulci jubilo« sangen. Herbert von Karajan dirigierte. Mehr Weihnachten ging nicht, nicht für Waltraud.

»Rita hat angerufen«, sagte Waltraud, »sie kommt in zwei Stunden.« Waltraud sang die Nachricht. Wie immer, wenn sie sich freute, hob sich ihre Stimme zu einem lächelnden Singsang.

Richard wiegte den Kopf. Er war ein bisschen verwirrt. Normalerweise kamen Rita und Nick doch am ersten Weihnachtsfeiertag, und nun waren sie heute schon da, an Heiligabend. Da stimmte was nicht, aber vielleicht stimmte es ganz besonders, diesmal. Dass sich die Familie und die weitere Familie, dass sich die Kinder und die Enkel und die Schwiegertöchter, dass sie sich alle in Bewegung gesetzt hatten wie Eisenspäne, um zum Zentrum des Magneten zu wandern, zum Stammvater, zu ihm, das war in Ordnung, das musste so sein.

Ja, sie kamen sternförmig auf ihn und Waltraud zu,

und auf den Kuchen und den Baum und den Braten, doch außer ihm wusste keiner, dass diesmal tatsächlich auch der Herr kommen würde.

Ja, die Ankunft des Herrn stand bevor. Besser: seine Rückkehr. Sie würden Augen machen. Wie würde sie aussehen? Feuer, Feuer, Feuer? Doch es wäre ein Glanz, eine Freude, die nicht zu fassen wäre. »Wenn er wiederkommt in Herrlichkeit, wird keine Not mehr sein.« Oft genug hatte er so gebetet, nach der heiligen Wandlung. Richard war sich sicher, dass keinem der Seinen ein Haar gekrümmt würde – sie konnten sich auf den Allversöhner, den gütigen Gott, verlassen. Doch er war genauso überzeugt, dass es gut für sie wäre, in diesen Stunden um ihn zu sein.

Waltraud beugte sich in der Küche über die Gans. Die GANS, das Weihnachtstier, der Braten aller Braten. Weißgelb und mit bläulich schimmernden Gänsehautpickeln lag der Koloss auf dem Tisch.

Waltraud trug ihre Schürze, und sie summte und hörte aus Richards Zimmer Gelächter. Sie freute sich, dass er so wach und munter war, gut aufgelegt wie lange nicht. Es klingelte. Waltraud trocknete sich die Hände am Geschirrtuch, drückte den Summer und sah durch die Haustür, wie Roman sich den Schnee von den Füßen klopfte, groß, ein wenig düster, aber mit einem Lächeln, als er sie erblickte. Nick lief ihm im Flur entgegen, Roman schüttelte seinen Anorak.

»Papa«, rief Nick.

»Na, mein Großer. Was hast du denn mit deinen Haaren gemacht. Sieht besser aus.« Nick hielt die Hand in die Höhe, Roman schlug ein, dann umarmten sie sich.

Richard stand schmunzelnd daneben. Sein hohes Vogelgesicht legte sich in Falten.

»Hallo, Richard.« Er umarmte den Alten, streichelte den dünnen Vogelrücken, zärtlich.

Die drei zogen ins Wohnzimmer mit ihrem munteren Wiedersehenshallo, und Waltraud kehrte in die Küche zurück.

Sie wusch die Gans und tupfte sie mit einem rot-weiß karierten Geschirrtuch trocken. Merkwürdig, keine Innereien, kein Hals, keine Leber, kein Herz, keine Milz, schade, normalerweise briet sie diese Sachen mit zwei Zwiebelhälften an und verwendete sie für den Sud. Den Hals dann extra. An dem knabberte sie gerne, während sie auf das Garen des Vogels wartete. Noch einmal fuhr sie mit der Hand in den Innenraum des Vogels. Nichts.

»O du fröhliche«, sangen die Domspatzen, Gelächter aus dem Wohnzimmer, laute Stimmen: »Aber das hab ich doch nie gesagt«, das war Richard, und wieder Gelächter. Waltraud rieb die Gans von innen mit Salz ein, routiniert, Dutzende Male schon hatte sie es gemacht, doch immer war es etwas Besonderes, dann die Lorbeerblätter, sie spürte mit den Fingern die Rippen des Tiers, das fette, wulstige Fleisch, würde gutes Schmalz abgeben, ein archaischer Vorgang, und sinnlich, dieses Zubereiten, das Fett später auf den Balkon, es war beruhigend, diese Mischung aus Plan und Routine und der lebenserhaltenden Tätigkeit, dann die Äpfel.

Richard war so wach in diesen Tagen, so voller Freude und Eifer, wie früher, er leuchtete, ja, er war Jahre jünger und so voller Energie, wie sie ihn kennengelernt hatte, damals, in Tauberbischofsheim, auf der Kanzel und am Altar, groß und sicher und schön und so erfüllt vom Heiligen Geist.

Sie nahm sich die Äpfel vor, die sie geschält hatte, und eine Handvoll Kastanien, die sie im Vogel auslegte. Den Ofen hatte sie auf 250 Grad vorgeheizt. Nun nahm sie die Nadel mit dem Zwirn zur Hand und begann die Öffnungen zuzunähen. Man brauchte kräftige Daumen, denn das Fett machte die Sache rutschig. Mit einem Fingerhut, den sie über den vierten Finger der rechten Hand gestülpt hatte, schob sie die Nadel durchs fette Gewebe.

Nach etwa zehn Minuten, als sie sah, dass die Gans eine leichte Bräunung zeigte, drehte sie die Temperatur auf 120 Grad herunter. Mit einer Pipette spritzte sie Salzwasser auf die Haut und schloss die Ofentür.

In der Zwischenzeit hatte sie sich die Kartoffeln vorgenommen. Richard mochte rohe Klöße, wie sie seine Tante Sophie aus Kattowitz zubereitet hatte, eine Erinnerung aus den Zeiten der Berliner Kindheit, Sophie, ebenfalls Schneiderin, ewige Junggesellin, die den Kindern mit dem Metermaß hinterherlief und »poczekaj« rief.

Noch einmal ein großes Weihnachtsfest für Richard, das war das Ziel, der Kreis sollte sich schließen für ihn. Mittlerweile sangen die Domspatzen: »Es ist ein Ros entsprungen«, und wieder klingelte es. Waltraud lief zur Tür. Draußen stand Rita, in einem weißen Mantel mit Pelzbesatz, über ihren braunen Locken eine braune Strickmütze, die Tür flog auf, Rita stürmte die drei Treppenstufen zur Wohnung hoch, Waltraud rief nach Nick, und dann umarmten sich die beiden.

Und während die anderen sie umringten, führten Mutter und Sohn in dieser engen Garderobe vor, warum Weihnachten überall in der Welt das Fest des Wiedersehens und der Umarmungen war und des Nie-wieder-Loslassens in diesen Umarmungen und der restlosen Vergebung und der Beteuerungen, es nie, nie, nie wieder zur Trennung kommen zu lassen.

»Puh«, rief Rita schließlich fröhlich, nahm die Mütze ab, schüttelte ihre Locken, dann nahm sie Richard in die Arme und Waltraud und schließlich, mit einem leichten Zögern, ja, einer zärtlichen Scheu Roman, der ein wenig unbeholfen herumstand.

Jeder, der hier ankam an diesem Tag, schüttelte nicht nur den Schnee vom Mantel, so kam es Roman vor, sondern auch seine Vorgeschichte, seinen Ärger, seine Probleme, seine Niedergeschlagenheit.

»Wie geht es dir, mein Schatz?«

Schatz? Sie nannte ihn Schatz? Roman strahlte. Sie sah so verdammt schön aus, und er begehrte sie. Ihm wurde wieder einmal bewusst, wie sehr sich Rita von allen anderen Frauen unterschied. Sie war so allürenfrei, so vollkommen in ihrer Natur, so anmutig und ohne Arg.

»Deine Nase ist kalt«, sagte er.

»Ich hab kein Auge zugemacht ... ich hab viel nachgedacht.« Roman nahm sie an der Hand und zog sie mit sich, den anderen hinterher, ins Wohnzimmer.

»Möchtet ihr einen Kaffee?«, rief Waltraud.

»Warte, Omi, ich helfe dir gleich«, sagte Rita und setzte sich, als ob sie nie weggewesen wäre, neben Richard und streichelte ihn am Arm. »Na, Papi, wie ist das Leben? Du bist so dünn, du musst mehr essen. Lässt dich Waltraud etwa hungern? Na, der erzähl ich was!«

Richard schmunzelte vergnügt. »Ich habe alles, was ich brauche«, sagte er, und seine Augen füllten sich, wieder einmal, mit Tränen. Gut, dass Waltraud das nicht sah. »Es ist schön.« Dann räusperte er sich. »Ihr werdet heute alle euer blaues Wunder erleben.«

»Aber das haben wir doch schon«, sagte Rita fröhlich. »So, wer will einen Kaffee?«

Später half sie Waltraud in der Küche beim Reiben der Kartoffeln, und im Wohnzimmer vor dem Weihnachtsbaum saßen Richard und Nick und Roman und unterhielten sich über diesen merkwürdigen Brocken, der da angeblich aus dem Weltall getrudelt kam, und es roch nach Kuchen und Tannennadeln und dem frischen

Schneegeruch, der mit Rita in die Wohnung gekommen war.

»Wie seid ihr denn verblieben?«, wollte Waltraud in der Küche wissen. Rita hielt eine halb geraspelte Kartoffel in der Hand.

»Die Mädchen haben verstanden, dass ich hierher musste. Ganz erstaunlich. Sie sind wohl nie richtig mit mir warm geworden. Am Ende auch Paul. Er hatte ein paar hässliche Sachen zu viel über Nick gesagt in letzter Zeit.« Sie raspelte weiter. »Und dann hatte ich diese SMS auf seinem Handy gesehen, es lag einfach rum, weißt du, und er war in letzter Zeit immer wieder sehr spät aus der Klinik gekommen ... Offenbar lief das schon länger mit den beiden.« Raspel, raspel, diesmal mit wütendem Nachdruck.

»Es ist gut, dass du wieder zu Hause bist«, sagte Waltraud. »Eine Frau gehört zu ihrem Mann, zu ihrer Familie. Roman braucht dich. Und Nick braucht dich erst recht, er ist in einem schwierigen Alter. Und Nick braucht Roman.«

»Ob er mich wieder zurücknimmt, Roman, meine ich?«

»Aber Rita, das weißt du doch.«

»Wie geht es Richard denn wirklich? Heute wirkt er doch sehr munter.«

»Er vergisst Sachen. Er vergisst Namen. Es wird immer schlimmer. Aber dieses Fest ... Es ist, als ob er ahnt, dass es das letzte ist. Ich habe den Eindruck, er nimmt seine ganze Kraft zusammen ... um sich zu verabschieden.« Waltraud hielt inne und begann still zu weinen. Rita nahm sie in den Arm. »Wir werden alle zusammen auf ihn aufpassen, Waltraud«, sagte sie.

Sie arbeiteten weiter vor sich hin und hörten dem Radioprogramm zu, das immer wieder über dieses merkwürdige Objekt berichtete. Sie nannten es mittlerweile den »Stern von Bethlehem«. Wieder klingelte es an der Tür. Waltraud eilte nach draußen und sah Bill unten an der Haustür, groß und sportlich und dampfend vor Energie, und Karin blass daneben und vor ihnen die beiden Jungs, die unter ihren Händen in den Hausflur spähten.

»Hallo, Leute, frohe Weihnachten«, rief Bill im Massenauflauf in der Garderobe, »hallo, Richard ... Ach Rita, das ist ja eine Überraschung.« Waltraud küsste Karin, nahm ihr den Mantel ab und trat einen Schritt zurück, um ihren Bauch zu begutachten. »Setz dich gleich hin, mein Kind, du siehst blass aus, geht es dir gut?«

»Wir hatten eine ganz gute Nacht«, sagte Bill besorgt, »aber vorhin hatte sie wohl Krämpfe ... Geht's jetzt wieder, Schatz?«

»Mein Gott, sind das schon die Wehen?«, rief Waltraud.

»Das kann nicht sein, Omi, eigentlich«, sagte Karin schwach, »es ist ja noch drei Wochen hin.«

Dichtes Schneegestöber draußen, leise und Geräusche schluckend und unerbittlich. Es dämmerte bereits.

165

»Kinder, macht mal Platz, hier, Karin, setz dich dort auf die Couch, an die Ecke, da kannst du dich abstützen.«

Bill kam Roman kleinlauter vor als gewöhnlich, nicht mehr dieses Feldherrengehabe, dachte er erleichtert, vielleicht ist er ja doch ein Mensch wie wir alle. Einer, der Angst und Sorgen kennt. Er spürte, wie sehr er ihn liebte. Doch offenbar hatte er sich getäuscht.

»Na, Roman«, sagte Bill. »Heizt du schon das Höllenfeuer für die bösen Banker an?«

»Ach Bill«, stöhnte Roman, »darum muss ich mich nun wirklich nicht kümmern, das besorgt ihr selber doch schon, für uns alle.«

Waltraud rief mechanisch aus dem Flur: »Kinder, streitet euch nicht.«

Und plötzlich mussten sie lachen. Alle. Es war tatsächlich die übliche Routine. Gehörte zur Betriebstemperatur unter den Geschwistern. Hatte sich eingeschliffen wie Pöbeleien gegen den Schiedsrichter im Stadion.

Richard flachste: »Du meinst, solange die Bank steht, steht die Welt?«

»Die Welt sieht nicht sehr rosig aus im Moment«, sagte Bill nun ernst. »Sie sieht so aus, wie Roman sie in seinen Artikeln beschreibt ... war gut, was du kürzlich über Spaemann geschrieben hast.«

»Danke, Bill.« Roman lächelte misstrauisch, doch dann sagte er gutmütig: »Liest du tatsächlich was anderes als die Financial Times?«

In der Küche wandte sich Waltraud zu Rita, in der Vorfreude einer stolzen Köchin, die sich ihrer Sache sicher war: »Wollen wir mal schauen?«

Waltraud ging vor der Ofentür in die Knie, Rita kauerte sich dahinter. Sie schauten durchs Fenster. Dort lag der Vogel, auf dem Rücken hatte sich bereits eine kräftige Bräune gebildet, der untere Teil der Gans schwamm in Fett.

»Du bist die Beste«, sagte Rita anerkennend, und Waltraud lächelte stolz. Die Krönung des Festes. Das Meisterwerk. Die Weihnachtsgans. Sie nahm die dicke Glaspipette mit dem Gummiball zur Hand, um das Fett abzusaugen, und öffnete die Ofentür.

Sie öffnete das Tor zur Hölle.

Eine stinkende heiße Wolke schlug ihr entgegen. Waltrauds Festlächeln erfror und zersplitterte. Und wich dem Ausdruck eines abgrundtiefen Ekels. »Ihgittihgitt«, rief Rita und rannte zur Küchentür, um sie zu schließen und danach das Fenster aufzureißen. Erstarrt hockte Waltraud im kalten Luftschwall. Schneeflocken tanzten in der Küche. Dann richtete sie sich auf und begann zu weinen.

»Hast du die Innereien denn vielleicht vergessen?«, fragte Rita beschwichtigend.

»Da waren keine«, wimmerte Waltraud und schickte ein kraftloses »Ach, Richard« hinterher.

Resolut wuchtete Rita das Blech mit dem Braten aus der Röhre und stellte es auf der Spüle ab.

Da lag der Koloss! Keine Krönung, sondern ein kranker, bleicher Haufen Unglück, und er stank vor sich hin!

Knusprig braun am Rücken, die Unterseite noch weiß, außen gesund, innen verfault, wie eine Allegorie des Barock, außen glänzend, doch innen Verfall und Fäulnis und Höllengewürm, die Fleischwerdung der Unterwelt.

Weißes Fleisch, ein Berg aus Scheiße. Stank wie eine Latrine in Kairo. Waltraud wusste nicht, wie eine Latrine in Kairo stinkt, aber in diesem Moment war sie sich sicher: Die Muslim-Brüder steckten dahinter. Sie wollten das christliche Fest der Liebe morden. Ein Terroranschlag auf alles, was Waltraud heilig war.

Es stank. Wie Richard, wenn er inkontinent war, ach was, Richard war Chanel dagegen. Eine Mordswut stieg in Waltraud auf. Wie widerlich. Scheiße, Scheiße, Scheiße. Drecksviech. Verrotteter Vogel. Mistfleisch. Nutzloser Klops. Giftberg. Er sollte nähren, aber nun wollte er vergiften. Alles vergiften. Er war das Böse. Der geschwollene Gänsebauch war eine der vielen Gestalten des Teufels. Waltraud schmeckte ihre Wut bitter im Mund. Sie griff zum Tranchiermesser. Rita wich zurück, denn Waltraud, die lächelnde, die ewig gütige, die passiv-leidende Waltraud hatte genug. Sie war von Sinnen, sie flippte aus. Sie stach zu.

Sie hatte genug von diesem Scheißweihnachten, dieser Scheißfamilie, diesem Scheißmann, diesem Scheißleben. Immer nur schlucken, immer lächeln, das war

168

jetzt vorbei. Waltraud entglitt sich, und es sah scheußlich aus. Sie stach zu mit dem Tranchiermesser, immer wieder. Kräftig stach sie, die Rippen der Gans zersplitterten, Kastanienreste und Apfelstücke und Hautfetzen flogen durch die Küche.

»Ahhhhh«, schrie sie, »ich wollte doch nur ein schönes Fest! Ist! Das! Denn! Zu! Viel! Verlangt!« Da flog ein Pergamentbeutel aus der Halsgegend, das Gekröse, sie hatten es der Gans in den Hals gesteckt, kein Mensch guckt im Hals nach: »Verdammt noch mal ... aaaahhhh.«

Mittlerweile sah die Gans aus, als sei sie tatsächlich explodiert. Eine Muslimbrüder-Gans nach einem Selbstmordattentat. Die Küche: verwüstet. Rita: verängstigt. Waltraud: irre.

Die Tür flog auf, es war Bill, dahinter drängten sich die anderen. »Was ist denn hier ... ach du Schande.« Dann rief Roman: »Mami, leg das Messer hin«, und er redete beschwichtigend auf sie ein. Sanft wand er das Messer aus Waltrauds Hand und nahm seine Mutter, die nun konvulsivisch zuckte und schluchzte, in die Arme.

»Die Innereien sind schuld«, rief Rita über die Köpfe weg den anderen zu, »nicht Waltrauds Fehler«, und nun nahm jeder Waltraud in den Arm und tröstete sie, allen voran Nick und dann wieder Roman, es wurde eng in dieser Katastrophenküche, und Bills Zwillinge johlten »Die Gans ist scheiße«, worauf sie von Bill zurechtgewiesen wurden.

Und plötzlich hörten sie jemanden lachen, und der

Jemand war Richard. Richard stand auf dem Flur neben der Garderobe und schaute auf seine verwehte Familientruppe, auf seine verängstigte Herde und die große Tragödie, die sie zusammengetrieben hatte und sie zusammenschweißte, wie es eine gesunde, stolze, knusprige Weihnachtsgans nie vermocht hätte, und er lachte. Der Adamsapfel unter seinem Vogelkopf flitzte auf und ab, und er lachte aus vollem Hals, bis ihm die Tränen kamen. Er war ja nicht mehr Leitwolf, nicht mehr Hirtenhund, sondern Zuschauer, und das hier war eine wunderbare menschliche Komödie.

Dann griffen die eingeschliffenen Mechanismen. Bill nahm das Heft des Handelns in die Hand, denn das war er gewohnt. Krisenprogramme, darin kannte er sich aus, ob es nun ein geplatzter Hedgefonds war oder ein fauler Kredit oder eben eine faule Gans. Die Familie musste essen, denn es ging auf den Abend zu, und die Kinder wurden unruhig. Drüben neben der U-Bahn-Station hatte er den McDonald's-Laden gesehen.

»McDonald's jemand?«

Die Kinder johlten Zustimmung. Mann, ein Festessen, wer hätte das gedacht!

»Roman, übernimmst du das?«

»Aber klar, Chef«, sagte Roman, und es klang ausnahmsweise nicht ironisch. Er zwinkerte Rita zu, die ihm zunickte, und dann nahm er die Bestellungen entgegen, Cheeseburger, Doppelte Cheeseburger, Chicken McNuggets, Salat, Frauen wollen immer Salat, warum kochen sie eigentlich, fragte er sich, dann die Dressings. Richard wollte Kartoffelsalat und Würstchen.

»Es gab immer Kartoffelsalat und Würstchen zu Weihnachten.«

Er hatte völlig recht. Der Braten war Waltrauds Konzession an ihre Kindheit, ans Bürgertum, ans Tortenviertel, an die unfrommen Schlemmer. Bei ihnen gab es zu Heiligabend stets Würstchen mit Kartoffelsalat, früher halfen die Kinder mit, zwei Bottiche, der eine mit Hering, der andere ohne.

Braten gab es am ersten Weihnachtsfeiertag, mittags, und da meistens Schweinebraten. Die Gans wurde später eingeführt bei den Königs. Aber da Bill und seine Familie gleich am nächsten Tag zurückwollten, hatte Waltraud den Braten vorgezogen. Es sollte Richards großer Tag werden, der Krönungstag der Königs.

»Kartoffelsalat, wir werden's versuchen, der Imbiss in der U-Bahn hat sicher noch auf.«

Bill rief mit heiterem Sarkasmus: »Kinder, dass es noch so schön werden würde!« Roman lachte. Schon immer mochte er Bills Humor. Er wandte sich an Nick: »Kommst du mit?«

»Klar«, sagte Nick.

Die beiden mummten sich ein in ihre Winteranoraks, Rita hatte einen für Nick mitgebracht (neben Pullovern und Wäsche). Es waren Anoraks, die ganz selbstverständlich für Polarexpeditionen ausgereicht hätten, wattiert und beschichtet, Überlebenstechnologie für die Großstadt, mit in der Raumfahrt getesteten Materialien und schweißabsorbierenden Zusatzlagen und wärmespendenden Zwischenfuttern und Taschen für Kompass und Schlaufen für Eispickel und Zusatztaschen für Leuchtspurmunition, was man eben so braucht für einen Gang über die Straße in einer Großstadt, wenn es schneit.

Nick und sein Vater zogen ab, Bill trieb den Rest der Herde zurück ins Wohnzimmer, während Waltraud und Rita die Reste der Gans zusammenfegten und in einen Müllsack steckten und diesen verknoteten. Am liebsten hätten sie ihn strahlensicher verklebt und versiegelt. Rita trug ihn hinaus, durchs Wohnzimmer auf den Balkon, kühle Luft und ein paar Schneeflocken tanzten herein.

Mittlerweile war die Stimmung wieder gelöst, und alle waren so erleichtert, wie man es ist, wenn man eine Katastrophe überstanden hatte und die glückliche Rettung in Sicht war.

Richard saß wieder in seinem Sessel, die Zwillinge beugten sich über das Spiel, das Nick ihnen gezeigt hatte, und schossen die Aliens ab, die immer wieder versuchten, in diese Hütte im Wald einzudringen, in das Blockhaus, in dem sie sich verbarrikadiert hatten. Der Kampf ums Leben konnte neu aufgenommen werden.

In all dem Trubel war Karin still und blass. Sie hatte sich in einen alten bunten Quilt gewickelt, den ihr Waltraud gegeben hatte, und lag schräg in der Ecke des langen Sofas unter der Leselampe, der Schein fiel bernsteinfarben auf ihr blondes Haar. Immer wieder verzog sie das Gesicht unter den schmerzhaften Kontraktionen ihres Babybauches. Bill streichelte sie, streichelte ihren Bauch unter den Krämpfen, die sie in Abständen überfielen.

»Geht's denn?«, fragte Bill zärtlich. Karin lächelte. »Spürst du ihn?«, fragte sie zurück. »Der kommt nach dir, der ist mächtig aktiv. Autsch.« Bill spürte die kleinen Bewegungen unter seiner Hand, das neue Leben machte sich bemerkbar mit kleinen Rumplern.

Frieden war wieder eingekehrt bei den Königs unter dem Baum. Waltraud deckte den Tisch, natürlich das gute Geschirr mit dem Goldrand, das Festgeschirr, von einer blöden Gans würde sie sich diesen großen Tag, diesen Weihnachtsabend nicht verderben lassen. Richard erzählte den Zwillingen vom Heiligabend seiner Kindheit, wie sie alle in dem dunklen Flur vor dem Wohnzimmer warteten, drinnen das Geheimnis, die Überraschung, die Wärme, denn im dunklen Flur war es kalt und leicht gruselig.

»Die Welt ging damals zu Bruch«, sagte Richard, »aber dieses Weihnachtsfest war für uns Kinder das Wichtigste, denn wir hatten Hoffnung an diesem Abend, die konnte uns der Gangster nicht nehmen.«

Bei »Gangster« horchten die Zwillinge auf.

»Was für Gangster, Opi?«, fragte Robert beeindruckt, und Wilhelm hing an Richards Lippen, doch Richard blieb die Antwort schuldig. So war das mit den Erwach-

senen, immer wenn es spannend wurde, kniffen sie,
doch Richard fuhr fort und erzählte Harmlosigkeiten
aus der guten alten Zeit, wie das Glöckchen gebimmelt
hatte, »was für ein Himmelslaut«, die Tür öffnete sich,
Mutter stand in ihrem schönsten Kleid, in das Gold-
fäden eingearbeitet waren, im Türrahmen, sie war so
schön wie ein Engel, und dann stürmten sie an ihr vorbei ins Wohnzimmer und nahmen ihre Tüten in Besitz,
in allen genau abgezählt dieselbe Anzahl von Nüssen
und Schokokeksen und Plätzchen, und an jenem Weihnachtsfest, bevor Mutter starb, stand da das Grammophon, das sich Richard für sich und alle Geschwister gewünscht hatte.

Die Tüten, erzählte Richard in seliger Erinnerung,
durften noch nicht angerührt werden, zunächst hatten
sie sich an der Krippe aufzustellen, einer lädierten
Krippe, Josef war der Stab abgebrochen, dem Ochsen
fehlte ein Ohr, aber das Jesuskind lag im Stroh, und die
Kerzen verbreiteten ihren Glanz, unter dem Weihnachtsbaum ruhten die Tüten mit ihren Namen und auf
einer Kiste das Grammophon.

Die Zwillinge hatten ihre Schlacht gegen die Aliens
wiederaufgenommen, abermals kletterten die Kobolde
mit den Schuppenpanzern durchs Fenster, »mach sie
fertig«, rief Wilhelm, »da hinter dir ist noch einer, pass
auf.« Rita stieg an ihnen vorbei und verteilte die Servietten und zündete die Kerzen auf dem Tisch an.

Dann klingelte es. Nick und Roman kehrten zurück,

mit roten Gesichtern und frischem Schnee auf den Anoraks, beladen mit Plastiktüten, und sie packten ihre Gaben aus, von den Zwillingen mit glänzenden Augen beobachtet.

Die Hamburger und die gepressten Hühnchenteile wurden in ihren Verpackungen und Pappschachteln auf den Tisch gestellt, die Plastikschachteln mit den Salaten daneben, alles lag ausgewickelt auf dem flachgestrichenen Papier, das über dem Festservice ausgebreitet war. Ja, aus der Weihnachtstafel war eine Hügellandschaft mit Inseln aus Fleisch und Brötchen und Ketchup-Tüten geworden.

Schließlich standen alle um den großen Tisch und wurden still. Richard fixierte ernst die Fleischklöpse und sprach das Gebet. »Komm, Herr Jesus, sei unser Gast und segne, was du uns bescheret hast.«

»Amen«, brüllten die Zwillinge. Roman dachte »in your face, McDoof«. Dann griffen alle zu.

Von nun beschränkten sich die Gespräche auf die für weihnachtliche Festessen eher würdelosen Kommandos wie: »Gib mal den Ketchup«, »kann ich noch mal Pommes«, »hier ist das Salz«, und als Robert rief: »Das ist das schönste Weihnachtsessen, das wir je hatten«, lachte selbst Waltraud.

So wurde getafelt und gekaut und hinuntergeschlungen, nicht ohne Gier, wie man hier anmerken muss, die Servietten kamen zum Einsatz, weil kein vernünftiger Mensch Hamburger mit Messer und Gabel isst, auch

175

wenn es sich Waltraud so sehr gewünscht hätte, ein bisschen mehr Feierlichkeit, verdammt noch mal, diese Horde, dachte sie bei sich, aber sie ließ es sich nicht anmerken und tat das, was sie ihr Leben lang in dieser kinderreichen Familie getan hatte – sie kapitulierte mit einem von Herzen kommenden Seufzer vor diesem anscheinend unvermeidbaren Rückfall in die Barbarei.

Das hier war nicht das Weihnachten, das wir aus den Märchen von Charles Dickens kennen, es war eher der gemütliche Festschmaus von Fellachen im Zelt des Stammesältesten, wo alle im Kreis sitzen und mit den Händen zulangen und sich zunicken, mit Freundlichkeit und Ehrerbietung, aber konzentriert auf die Nahrungsaufnahme, nur dass hier keine Hammelstücke zerrissen wurden, und Ehrerbietungen wurden eher weniger ausgetauscht.

Man fütterte sich auch nicht gegenseitig mit den erlesensten Teilen und schob sich keinen Humus mit der Hand in den Mund, sondern Pommes, die man in die kleinen Pfützen aus Ketchup oder Mayonnaise tunkte, und Stücke von Brot und Gurkenscheiben und herausquellender rosafarbener Soße fielen und tropften auf das Festgeschirr, ja, auch hier gab es verschiedene Soßen und Delikatessen und Gewürze, in erster Linie rot oder weiß, und die Profis unter den Genießern nahmen beides.

Das angemessene Tempo im Verzehr von Hamburgern und Pommes, auch am Heiligabend, ist entweder schnell oder sehr schnell, es handelt sich schließlich um Fastfood, die Anstrengung des Kauens unterbleibt weitgehend, es wird hinuntergeschlungen, bisweilen mitsamt angepapptem Papier, wenn es sehr schnell gehen muss, weshalb es von einigen, wie Waltraud, auch »Schlangenfraß« genannt wird.

»Esst doch langsam, Kinder.« Bill wusste, dass es eine Slow-Food-Bewegung gab und noch Verrücktere, die darauf warteten, dass Kastanien von Bäumen fielen und Beeren von Sträuchern, und die ausschließlich das aßen, worauf die belebte Natur verzichtete, aber er wusste auch, dass die Zeiten für Slow Food vorbei waren. Einfach weil sie auslief, die Zeit.

Wie schaffte sie das nur, fragte sich Roman, als er Rita anschaute, dass sie selbst bei diesem Schweinepicknick so aussieht, als bediene sie sich an den Häppchentellern auf einem Empfang in der Oper.

Mit Grazie nahm sie Salatblätter und Pommes auf, sie hatte das Talent, alles zu verschönen und dennoch lustig bei der Sache zu sein. In einem Pfadfinderlager hätte sie in ihrem cremefarbenen Kleid und den brünetten Locken nicht natürlicher herumsitzen können.

Als Rita spürte, dass Roman ihr zusah, schlug sie ihre Augen auf und lachte, und Roman wurde rot.

Das war es, was er noch bei keiner Frau so gefunden hatte: ihre Anmut, ihre Freude, ihre Unbekümmertheit. Sie war frei von Zynismus. Ohne jedes Talent zur Häme. Sie war so eindeutig in ihren Gefühlen, entweder energisch oder der pure Liebreiz, selbst in Katastrophen wie dieser.

Deutlich waren das Schmatzen und Trinken der Zwillinge zu hören, mit Cola ließ sich am besten rülpsen, ganze Wettbewerbe ließen sich damit austragen. Waltraud litt, aber sie freute sich, dass Richard tüchtig aß. Roman hatte am Imbiss in der U-Bahn-Station tatsächlich noch eine erkleckliche Portion Kartoffelsalat mit Würstchen ergattern können.. Waltraud hatte ihm ein Glas vom guten scharfen Senf mit dem Metro-Goldwyn-Löwen auf dem Etikett neben den Pappteller gestellt, und auch Richard fand nun, dass es ein sehr schönes Weihnachtsessen war.

Schließlich saßen alle satt und selig lächelnd da, ein wenig erschöpft, wie nach einem Hundertmeterlauf, in dem man bis an die Grenze der Leistungsfähigkeit gegangen war. Waltraud stand auf, und Roman sagte: »Mami, du bleibst jetzt mal sitzen«, und er und Bill räumten die Teller zusammen und trugen sie in die Küche.

Waltraud rief in ihrem begeistertsten Festlichkeitssingsang: »So, Kinder, jetzt zünden wir die Kerzen am Baum an, und dann gibt es die Bescherung.« Worauf die Zwillinge wenig überzeugend »au ja« riefen, denn sie hatten bereits auf dem Gabentisch ihre Geschenke mit den Namensschildern ausgemacht, schmale Rechtecke, zwar glänzend verpackt, aber eindeutig wieder nur Bücher, und es sah ganz danach aus, als stammten sie, wie im letzten Jahr, aus Waltrauds Privatbesitz.

Sie waren nicht in neues Geschenkpapier in einem Buchladen gewickelt worden, sondern in wiederverwendetes, man sah die alten Knickverläufe noch genau, also würde es sich bei den Büchern nicht einmal um Comics handeln, sondern um erbauliche Geschichten wie beim letzten Mal, wie »Hanni und Nanni auf Island«, denn die Serie, das wussten sie bereits, war endlos.

Allerdings wurden sie versöhnt, als Bill in der Garderobe verschwand und kurz darauf mit drei großen Plastiktüten von Karstadt zurückkehrte, und auch Roman brachte seine Tasche an, ebenso wie Rita, und so wuchsen bald die allerschönsten bunten Kartonpyramiden vor dem Weihnachtsbaum in die Höhe. Die Heiligen Drei Könige hatten doch geliefert!

Die Zwillinge stürzten sich auf die Pakete, doch Bill rief »halt«, und zwar mit einer Stimme, die verriet, dass er keinen Spaß verstand. »Ihr wisst doch, wie der Ablauf ist, oder?«

Folgsam setzten sie sich wieder hin. Auch wenn der Ablauf an diesem Tag gehörig durcheinandergewirbelt war, so kannten doch alle den ABLAUF, das heilige, das ewige, das festgelegte Ritual, das da hieß: erst das Lied, dann die Weihnachtsgeschichte, dann die Geschenke.

Roman und Bill übernahmen es, die Kerzen des Weihnachtsbaumes zu entzünden. Richard erhob sich würdevoll und verschwand in seinem »Arbeitszimmer«, um kurz darauf mit der braunledernen Bibel mit den roten Buchbändchen zurückzukehren.

Allen war nun wieder die verlässliche Mischung aus Feierlichkeit und Verlegenheit ins Gesicht gezaubert, und bei Rita war es Rührung, denn sie war in eine Welt zurückgetaucht, die aus religiösem Gefühl bestand, eine Welt, von der sie vor zwei Tagen noch nicht ahnte, dass sie sie je wieder betreten würde. Sie war zu Hause, sie war zum Kind geworden, sie musste niemandem und am allerwenigsten sich selber beweisen, wie unabhängig und stark sie das Leben meisterte. Sie war Teil einer Familie. Einer vertrauten Familie.

Nick mochte es, wie sie neben Papa auf der Couch saß, in ihrem schlichten Kleid. Sie hatte einen lustigen Seidenschal mit Weihnachtsmotiven darübergelegt, im Kerzenlicht schimmerten ihre Saphire, die Roman ihr damals in Thailand während der Flitterwochen geschenkt hatte, und er war so entspannt und glücklich wie lange nicht, und als Bill sagte: »Schön seht ihr beiden aus – so zusammen«, lächelten sie, und Roman dachte für sich: »Danke, Bill, find ich auch, und es ist echt schön, dich und Karin wiederzusehen«, und er sah wie Bill Karins Hand ergriff und sie drückte.

Nun war Richard mit der Bibel zurückgekehrt. Alle erhoben sich, Waltraud intonierte »Stille Nacht, heilige Nacht«, und die anderen fielen ein. Richard räusperte sich einen Frosch aus dem Hals, halb aus Ergriffenheit, halb weil er lange nicht gesungen hatte, und Bill sang laut und ohne Schnörkel, um seine Verlegenheit niederzuringen, Rita sang gerührt und sah dabei abwechselnd auf Nick und Roman, und Waltraud, stimmsicher, sang wie immer die zweite Stimme dazu, und ihre Harmonien klangen wundervoll.

Auch Roman sang, und er lehnte sich mit den anderen in diesen merkwürdigen österreichischen Liederkitsch hinein, der die Welt erobert hatte, in diese Rokoko-Frühsprache, in dieses »holder Knabe im lockigen Haar«, dieses »Christ, der Retter ist da«.

Er wusste, es gab das Lied auf Englisch, und für ihn klang es einfach besser, wenn es Simon & Garfunkel sangen, und in Hollywoodfilmen rieselte Kunstschnee dazu auf die Gesichter von Menschen, die in einem Vorstadtgarten vor irgendeinem schlichten Haus standen und dieses Lied hineinsangen in die erleuchtete Wohnstube, drinnen ein Weihnachtsbaum und eine Mutter und ein Kind, und das warme Licht fiel auf die Gesichter der Sänger, schwarzweiß und auch schon lange her, dieses Lied war eine konterrevolutionäre Umarmung aller Klassen und Schichten, aller Menschen, der Reichen und der Armen, wobei besonders die Armen an diesem Abend mit Wundern rechnen konnten.

Hinter dieses Lied konnte keiner zurück, dachte Roman, während er sang, trotzig, und in diesem Moment war es ohne jeden Zweifel andauernder und nachhaltiger und wirkungsvoller als die Internationale, denn es stieg aus einer Sehnsuchtsschicht auf, die unbesiegbar war, weil sie die kleinste und daher robusteste Zelle der

Gesellschaft feierte, nämlich die Familie. Aber so was durfte man noch nicht einmal mehr denken.

Und das Schönste: Jede dieser Familien hatte beim Singen das Modell der Heiligen Familie vor Augen, die Krippe und die Armut und den Frieden. Gleichzeitig aber fiel niemandem auf, dass es sich hier um eine Patchwork-Familie handelte. Tatsächlich war es ja so, dass Josef nicht der leibliche Vater war, aber er benahm sich wie einer, und zwar ein mustergültiger, er schützte und sorgte, und er vergötterte sein Kind und seine Frau. Und natürlich waren die drei ein Abbild einer anderen Dreieinigkeit.

Sie sangen auch noch die dritte Strophe, deren Text nur Richard und Waltraud noch kannten, alle anderen sangen mit leichter Verzögerung die Worte nach, oder sie beschränkten sich auf »la la«, aber sie blieben im Ton oder summten zumindest, und die Kerzen am Baum flackerten.

Die Blicke wanderten zum Baum und dann auf die kleine Krippe, die Waltraud vor Jahren von einem kunstfertigen Franziskaner-Pater geschenkt worden war, der nach dem Motto »was man alles aus Bachkieseln machen kann« tatsächlich aus der natürlichen Form der Steine, mit leichten Bemalungen, eine Krippenszene nachgebildet hatte. Es war Waltrauds Ausflug in die Avantgarde. Es blieb ihr einziger.

Nachdem sie gesungen hatten, nahm Richard auf dem Sessel neben dem Weihnachtsbaum Platz, so dass alle ein freies Blickfeld auf den Baum und die Krippe hatten, und er begann zu lesen, die Worte, die immer noch in Millionen und Abermillionen von Familien an diesem Abend gelesen wurden, rund um den ganzen Erdball.

»Es begab sich aber zu jener Zeit, dass ein Gebot von Kaiser Augustus ausging ...« Roman erinnerte sich daran, wie er mit Bill das Weihnachtsspiel dazu aufgeführt hatte, als Pantomime, Waltraud las dazu vor, sie trugen Tuniken aus Decken, in einem Wäschekorb lag Lisa in ihrem Bettchen, die spielte das Jesuskind.

Roman lächelte Bill zu, und der lächelte zurück, weil er an dasselbe dachte und weil sie beide das Gespür für die Absurdität teilten, die diese Geschichte in der Welt der Kriege und der Katastrophen und der Ängste darstellte.

»Da machte sich auch auf Josef aus Galiläa, aus der Stadt Nazareth ...«

Richards Stimme holte diese Geschichte von weit her, und sie schauten auf den Baum mit seinen Kerzen, die still und gerade niederbrannten, auf die Sterne aus Stroh und die akkuraten Lamettastreifen, die sparsam von den Zweigen hingen in strenger minimalistischer Anordnung, und Roman griff nach Ritas Hand, und Bill streichelte Karin, und Waltraud hatte die Augen geschlossen, um die Stille und den Familienfrieden zu genießen, Weihnachten war für sie in diesem Moment so perfekt wie die vollendete geometrische Anordnung der Lamettastreifen, und die Zwillinge bohrten in der Nase.

Nick schaute voller Wärme auf seinen Großvater, auf den alten Richard, und der las: »Sie gebar ihren ersten Sohn und legte ihn in Windeln«, die Kerzen standen senkrecht auf diesem Wunderbaum und gaben Glanz, und den Zwillingen standen die Münder offen, und Nick sah voller Zärtlichkeit auf Richard.

»Und es waren Hirten in derselben Gegend auf dem Felde bei den Herden, und siehe, der Engel des Herrn trat zu ihnen, und die Klarheit des Herrn leuchtete um sie, und sie fürchteten sich sehr. Und der Engel sprach zu ihnen: ›Fürchtet euch nicht, ich verkündige euch eine große Freude …‹«

In diesem Moment wurden Richards Worte abgeschnitten durch ein mörderisches schrilles Pfeifen in der Luft.

Ein Pfeifen, das anschwoll, markerschütternd, und schließlich in einem ohrenbetäubenden Knall endete.

Ein Krach, eine Explosion, ein Aufschlag, der die Erde beben ließ. Und dann ging die Welt unter.

Das Fenster zum Balkon zersplitterte, die Scherben fegten den Weihnachtsbaum um. Mit dem Christophorus voran flog das Triptychon von Dieric Bouts in einem eleganten Bogen von der Wand und verfehlte Karins Kopf nur knapp. Mit einem Wehen und nassen Wischen verabschiedete sich die Van-Gogh-Reproduktion der »Fischerboote bei Saintes-Maries« von der Wand über der Kommode, die, da ihre dünnen Beinchen die Grätsche gemacht hatten, ihren Inhalt – kleine

Vasen, Kristallschalen, Likörgläser und die Dia-Schachteln »Weniger gute«, drei mit Gummi zusammengehaltene Stapel an Postkarten, eine Sammlung von Zitaten aus der Rubrik »Spruch der Woche«, ein Gläschen mit bunten Cocktailspießen aus Plastik, Reiseführer für Venedig und Dubrovnik und die kroatische Adria sowie die Gewinnerliste der letzten Scrabble-Spiele – auf den Teppich ergoss.

Das Licht war ausgefallen. Auf dem Teppich verglommen noch zwei, drei Kerzen des Weihnachtsbaums, Waltraud und Karin schrien, alle schrien, und dann brach der Balkon weg und riss das Mauerwerk mit sich, und plötzlich saßen die Königs im Freien.

Gelbes Schweinwerferlicht fiel durch die Öffnung.

Schneeflocken tanzten im Raum, Qualm quoll herein, durch den Dunst sahen sie einen riesigen metallischen Zylinder, an dem eine Art Positionslampe flackerte.

Die Zwillinge husteten, Rita hatte sich an Roman geklammert, der Nicks Hand hielt. Bill war bleich und tastete sich zur Sofaecke, in der Karin saß und wimmerte. Er rief: »Bist du okay? Ist jeder okay?«

»Ja, Papa«, rief Robert. »Ja«, rief Wilhelm.

Waltraud stöhnte, aber ihr war nichts passiert. Sie rief: »Richard?«

Richard saß mit offenem Mund da und schaute ins Licht. Vor dem Haus der Königs brannten die verschneiten Bäume wie große Fackeln. Aus der Ferne hörten sie Sirenen, die schnell näher kamen. Offenbar war die Feuerwehr bereits in der Nähe im Einsatz gewesen. Richtig, jenseits der stummen und dunklen Hochhäuser der Grindelallee war der Winterhimmel in rotes Blaken getaucht.

Das Ding war auf der Wiese gegenüber vor den Hochhäusern gelandet. Nach einer Weile öffnete sich eine Luke, ein Mann kletterte heraus und kam durch den Qualm und den Nebel näher, kam auf die Königs zu. Waren da chinesische Schriftzeichen zu erkennen?

Während die Zwillinge weinten, aus Angst, aus Schrecken und auch weil ihre Geschenkpakete unter dicken Brocken aus Schutt und Steinen vergraben waren. Plötzlich schrie Karin auf.

»Ich glaube, es ist so weit.«

Unter ihr hatte sich eine Pfütze gebildet, ja, es ergoss sich aus ihr ein kleiner Schwall von Flüssigkeit, die Fruchtblase war geplatzt, alle riefen durcheinander, alle husteten in der Staubwolke, die sich gebildet hatte, und Bill beugte sich über Karin, er hielt sie fest. Karin wimmerte, und Waltraud rief: »Wir brauchen Decken.«

Roman und Nick klopften sich den Schutt von den Pullovern und tasteten sich in Waltrauds Schlafzimmer vor und kehrten zurück mit Bergen von Bettdecken.

Waltraud und Bill halfen Karin vorsichtig, sich auf dem Sofa auszustrecken.

»Wir brauchen heißes Wasser«, rief Waltraud. Sie stolperte selber ins Bad, ließ heißes Wasser in einen Eimer laufen, die anderen scharten sich um Karin. Nur

Richard stand abseits und schaute ruhig und in freudiger Erwartung nach draußen.

Er achtete nicht auf die Feuerwehr und den Notarztwagen, die gegenüber hielten unter aufgeregten Kreisellichtern und rotem Blinken, er achtete nicht auf die behelmten Männer mit den Spitzhacken, die über eine Leiter ins Wohnzimmer der Königs stiegen, auch nicht auf die Notärzte mit ihren geschäftigen und entschlossenen Katastropheneinsatzgesichtern und die umsichtige Schwester in ihrem gefütterten Anorak mit ihrem Häubchen, jeder mit Koffern. Alle wählten den gleichen Einstieg.

Richard stand neben dem umgestürzten Weihnachtsbaum und sagte nur freundlich: »Dort hinten«, und dann wurden Befehle gerufen, Taschen aufgeklappt, chromblitzende, verlässliche lebensrettende Instrumente hervorgeholt. Kurz darauf rief einer der Ärzte: »Drücken Sie, und atmen Sie ruhig«, der andere rief: »Der Puls ist normal.« Auch Waltraud war nun mit ihrem Eimer heißen Wassers aufgetaucht, das offenbar funktionierte noch, wie die Instinkte der Königs funktionierten, Nothelferroutinen, die das Stammhirn der Spezies in Katastrophenmomenten wie diesem bereithielt, sie stützten sich und kämpften und machten sich nützlich, sie halfen und trösteten und sprachen sich Mut zu, aber das bekam Richard nicht mit.

Seine Augen waren auf diese Gestalt gerichtet, die draußen aus dem Koloss im Qualm aufgetaucht war und ihm zuwinkte. Er erkannte den Mann – es war der, den er am Tag zuvor morgens auf dem Weg zur Kirche gesehen hatte.

Langsam ging Richard ihm entgegen.

Natürlich fällt Kinogängern, also fast allen Menschen, hier die Schlussszene zu Steven Spielbergs »Close Encounters« ein, dieses Figurentableau mit all den friedfertig Sehnsüchtigen, den nach Erlösung und Himmelfahrt strebenden Erwachsenen und Kindern, allen voran der alte Regisseur. Sie alle schreiten diesem Raumschiff der Außerirdischen entgegen wie im Traum. – Gelassen, wie in diesem Moment Richard, und alle haben damals im Kino perfekt verstanden, warum sie es tun, warum sie diese Erde und ihren Alltag aus Streit und Missgunst hinter sich lassen wollen, einfach so, keiner musste es den Zuschauern erklären, denn das Licht war stärker, es war magisch, es war ein unwiderstehliches Versprechen.

Und so sehen wir, während wir im Hintergrund die ersten Schreie eines neugeborenen Kindes hören und Karins »Da bist du ja endlich, mein Liebling, mein kleiner Richard« und Bills »Ich liebe dich, mein Engel«, während all die Freude an uns nicht verloren ist, bleiben wir doch bei Richard, der in stiller Verzückung dem Licht draußen entgegenschreitet.

Von der anderen Straßenseite aus wirkt dieses Bild wie das letzte Fensterchen in einem sehr großen Weihnachtskalender. Ein hell erleuchteter Raum unten im Haus, lädiert, ramponiert, ein Stall viel eher als eine

bürgerliche Wohnung, zerschmetterter Christbaum-
schmuck und eine Gruppe von Menschen, die um eine
Mutter mit einem Kind kniet, und es sieht aus, als würden sie sich verneigen und beten.

Doch Richard schreitet aus diesem Bild.

Er dreht sich ein letztes Mal um und lächelt Nick, seinem Enkel, zu. Nick ist der Einzige, der Richard gehen
sieht und den Fremden draußen, und er versteht auf
seine Weise, was dort geschieht. Er streckt die Hand
nach dem Alten aus. Richard schaut sich nach ihm um
und bewegt die Lippen, und es sieht aus, als sage er:
»Alles ist gut.«

Und dann wendet er sich ab und geht, und er wird nie
wieder gesehen.

Wie gesagt, das ist ein Ende, das wir den Menschen,
die in ihrer Mehrzahl Kinogänger sind, zumuten
können, immerhin eine Erklärung in Zeiten, in denen
Wunder sich nur noch der Grammatik des Kinos bedie-
nen können.

Wir wissen es natürlich besser. Wir wissen einiges,
wenn auch nicht alles.

Wir wissen so viel, dass Richard erlöst wurde, dass
seine Offenbarung eingetroffen ist.

Wir wissen, dass er vorbereitet war auf sein Weltende,
und wir wissen, dass es ihm bessergeht, wo er nun ist, in
einer puren Gegenwart, in einer wortlosen Ewigkeit,
die aus Schauen und Glück besteht.

Aber wir haben dafür gesorgt, dass diejenigen, die er

zurückließ, zumindest wenn sie träumen, eine Ahnung von diesem Geheimnis haben und ihn nicht vergessen werden und lächeln, wenn sie an ihn denken.

Sie aber bleiben zurück mit einem Mangel.

Wie Gestrandete, die auf eine Flaschenpost warten.